·全民微阅读系列·

周南驿小姐

非花非雾　著

江苏凤凰美术出版社
全国百佳图书出版单位

图书在版编目（CIP）数据

周南驿小姐 / 非花非雾著 . -- 南京：江苏凤凰美术出版社，2018.4
（全民微阅读系列）
ISBN 978-7-5580-3974-4

Ⅰ . ①周… Ⅱ . ①非… Ⅲ . ①小小说—小说集—中国—当代 Ⅳ . ① I247.82

中国版本图书馆 CIP 数据核字（2018）第 053344 号

责任编辑　曹昌虹
封面设计　宁春江
责任监印　唐　虎

书　　名	周南驿小姐
著　　者	非花非雾
出版发行	江苏凤凰美术出版社（南京市中央路 165 号 邮编：210009） 北京凤凰千高原文化传播有限公司
出版社网址	http://www.jsmscbs.com.cn
印　　刷	三河市同力彩印有限公司
开　　本	710mm × 1000mm　1/16
印　　张	14
版　　次	2018 年 4 月第 1 版　2018 年 4 月第 1 次印刷
标准书号	ISBN 978-7-5580-3974-4
定　　价	39.00 元

营销部电话　010-64215835-801
江苏凤凰美术出版社图书凡印装错误可向承印厂调换　电话：010-64215835-801

文化自信从读写开始

杨晓敏

近年来，随着互联网技术的不断推广升级，现代信息技术已充斥各行各业。微博、微信、微小说、微电影，各类“微”产品，以网络阅读、手机阅读、电子器阅读、光盘阅读的形式，进入大众视野，但这种碎片化、快餐式的电子阅读，仅仅可以作为传统阅读的一种有效补充与辅助，却不能完全代替传统阅读。

我国经济建设的腾飞，带动并刺激着文化事业的极大进步，而文化软实力的增长，又为经济跨越式发展，提供着强势的智力资本的支持。正是这种强有力的智力资本支持，慢慢建立起我们的民族文化自信。

学习的基本途径就是阅读。一个人的阅读力量，决定个人学习的力量、思考的力量、实践的力量；所有人的阅读力量，决定一个民族文化的力量、精神的力量、创新的力量。伟大的中华民族复兴之梦，要靠全国人民共同来缔造实现。提高全民素质，提升全民文化自信，繁荣民族文化，从阅读开始。

为了提高全民素质，建设书香社会，政府正采取一系列有效举措，营造阅读环境，倡导全民阅读。譬如开展读书日、读书月活动，一些省市地区通过整合全民阅读资源，打造了一批有广泛影响力的全民阅读“书香”品牌，还有些地区成立“农民书屋”，送书下乡，让书香墨香飘进寻常百姓家。

作为近三十年才成长起来的一种新文体，小小说的质朴与单纯，简洁与明朗，加上理性思维与艺术趣味的有机融合，及其本色和感知得到、触摸得着的亲和力，散发出让青少年产生浓郁兴趣的魅力。小小说是一种新文体的再造，那些优秀的小小说作品，是智慧的浓缩和凝聚，是一种机巧的提炼和展开，小小说是训练作家的最好学校。小小说贴近生活，紧扣时代脉搏。大千世界，瞬息万变，小小说能以艺术的形式，不断迅速地反映生活热点，传导社会信息，是开启社会生活的一扇窗口。小小说可以培养青少年的想象力，让他们展开飞翔的翅膀。近些年来，大量小小说编入高考作文，入选各类优秀阅读丛书，正为越来越多的年轻读者所喜爱，显示出它强大而茁壮的生命力。

北京辰麦通太图书有限公司提供的《全民微阅读系列》图书，至今已编辑出版 200 多册。它以全力助推全民阅读为宗旨，以务实求精的编选作风，为读者精心遴选了大批风格各异的小小说佳作，引领读者步入美好的阅读丛林。

北京辰麦通太图书有限公司有着具有超前市场运作意识的优秀团队，在图书制作过程中，不但追求内容的丰富多彩，在装帧设计方面，也力求超凡脱俗。在众多中国梦新时代文学丛书系列中，它像一朵充满朝气与活力的奇葩，正逐步形成自己恒久的品牌和名牌效应，为提升全民文化自信、实现中华民族伟大复兴，增砖加瓦。

杨晓敏，河南省获嘉县人，生于 1956 年 11 月。河南省作家协会副主席、河南省小小说学会会长。曾在西藏高原服役 14 年。曾任《小小说选刊》《百花园》主编 20 余年，编刊千余期，著述七部、编纂图书近 400 卷。

作者简介

非花非雾，本名丁丽，洛阳女作家，出生于杜康之乡，求学于牡丹之城。文学、摄影、绘画皆有涉猎，诗歌、散文、小说在海内外刊物上发表转载，已出版小小说集《梅花玉》《指尖花开》《花儿努力在开放》《烟花三月》，短篇小说集《操场边，那树合欢花》，诗集《桃花心情》，散文集《绮梦如茵》等。

序言：高标逸韵两相融

非花非雾不仅是一位作家，摄影、绘画都有涉及。第一次见到她，是2014年秋我公出到河南许昌，在鄢陵做祖统讲座，河南中山摄影协会同期成立并举办影展。非花非雾的一幅豫西风景画《桃源新居》也是参展作品之一。之后陆续见到她的几部小小说作品集和工笔画作。

我印象中的小小说，是一种非常古老的文体，它的起源可以追溯到《山海经》《世说新语》《搜神记》等古代典籍。它又非常年轻，也就是20世纪80年代才开始明确提出这个名称，并渐渐有人倡导，写作和阅读的人群也越来越多。非花非雾小小说世界的建筑材料，大体可以分为两类，一类取材于历史，一类来自于现世。或者用另一种分法：一类是浪漫唯美的，一类是现实而富于哲思的。一个写作者，能同时驾驭这两种类型，难能可贵。就像她笔下的“梅系列”，梅花开在冬末春初，“俏也不争春”的高格早已深入骨髓了。“干枝梅”于铁杆虬枝上娇颜含笑，雅致超俗，这种“美而有傲骨”的文学意象，高标与逸韵的兼容，是非花非雾作品的风格。

非花非雾创作勤奋，近期又有小小说佳作，集结出版，嘱我写序。

这些作品分录进“河洛风”“麦香苑”“梦幻境”“尘世缘”“醉

红颜”“菁校园”“小亲情”七个小辑里，主打篇《周南驿小姐》体现出古都洛阳今人对洛阳历史文化的研究与传承。作者将周南驿小姐写得如真如幻，若有若无，笔法娴熟，收放自如。《茶女苏槿》《醉红颜》《观音堂》《手足情》《访雪图》《雨霖铃》等，对男女之间微妙的感情、亲人间深挚的情意都写得细致淋漓，体现出作者对生活的体验、感悟。这些故事都以豫西为宏大背景，字里行间可见豫西风土人情。

立足自己生长过的熟悉的土地，写身边熟悉了解的事，是正途也是捷径。出生于豫西杜康之乡的非花非雾，对田园生活无疑是深知的。她的“麦香苑”中《麦田里的风向标》《麦田里的老牛》《那时麦熟，我正少年》田园麦香几可嗅闻，无论是对少年的刻画，还是对老人、老牛的塑造，都紧贴时代，活灵活现，一幅幅画面跃然纸上。“尘世缘”里的人物通过一个个小细节、小波折演绎着世俗百态和大千世界中小人物的小忧伤、小确幸、小欢喜；“梦幻境”里亦真亦幻、似游戏又现实的故事带你穿越时空；“醉红颜”里有历史钩沉，也有今古穿越，英雄、红颜，爱恨情仇！

非花非雾近些年曾离开任教多年的学校深入多个行业和领域，生活体验的丰富，人生阅历的增加，对社会现象的独特认知、哲理思考的深入，以及写作手法的创新突破，使非花非雾的文学创作日臻圆熟。本书选录的作品把作者深厚的古典文学底蕴与独具的灵心慧质、侠骨柔情，有机地融为一体，既氤氲着几可触摸的文化味，又张扬着时尚清新的都市风。

以非花非雾扎实的写作功底和艺术灵性，相信她笔耕不辍，一定能再出豫西风情画般的传世佳作，期待她的成功！

目录

第三辑　梦幻境 / 61

第四辑　尘世缘 / 90

第一辑　河洛风

千百年来，深厚的文化像洛水一样洇漫进河洛大地，滋养着河洛儿女的才情，与现代风融合到一起，萌生出特色鲜明的洛阳元素：牡丹、石窟、驿站、书画、茶艺……以及古典与现代完美结合的风土人情，无论是显赫世家的周南驿小姐，还是社会底层的叶牡丹，每一个人，都生动地活在当下，演绎着一个又一个与文化有关的故事。

周南驿小姐

周南驿小姐究竟姓什名谁，有无其人呢？她的出场扑朔迷离，身世又在一个传奇般的历史背景中隐藏，结束依然是个迷，你在文中找到蛛丝马迹了么？

一定有这样一位女子。她叫周南驿。

几年前，我正在博客上浏览，看到一位叫周南驿的女子的头像在访客之列，周女子短发内扣，护着小巧清秀的一张脸，五官精致，神态纯雅。她应该是那种骨架细巧的女孩，身材必然修长苗条。

再看她的身份介绍，原来是洛阳周姓世家的大小姐，名南驿。小小的年纪，便是文化酒店的经理。她的博客里贴着周南驿文化酒店的场景图片，周南驿的开业庆典图片，还有对周南驿文化的阐释：古代驿，又称邮驿、馆驿，其主要职能是传递军情、政令、信件、接送官员、转运物品。周南驿是中国最早的驿站，西周初年，周公营造洛邑（今洛阳）成王定都于此，谓之成周。为传递诏令，迎送诸候，遂设馆驿于洛邑之南，谓之周南驿。我哑然失笑，自己犯了望文生义的毛病。周南驿小姐可以姓周，未必叫南驿的。

周家的酒店随着驿站文化传播着，香鹿驿开业的时候，她又满博客在说香鹿驿了，我问她这些驿站酒店是你们周家独资的吗？她回道：周氏家族投资，我来经营。

芙蓉楼开业的时候，她邀请我去，留了个电话号码，让我去的时候联系，有专人接待。我十分想去看看那石磨现场磨面粉，还有各种特色饺子是什么样儿，因故没有去成。周南驿的“周南驿”“香鹿驿”“芙蓉楼”成了我向往的地方。

我常在博客上与她互通款曲，在洛阳，有这么一位餐饮业的美丽才女惺惺相惜，真是三生有幸。

后来看到她博客上写的《一本古书的九世奇缘》，再后来有了《因为爱他，我选择独身》。我以这两篇博文为题材，改写了两篇小小说，都发表了。

我越发认定周南驿是多么传奇的一位女子呀，父亲是洛阳酒店世家周家的公子，母亲是世代茶商王家的小姐，父母在上海高校同窗共读，结成伉俪，在杭州生下周南驿。她自幼生长在杭州外婆家，自然蕴足天堂水的灵气。她会讲英、德、法、韩四种语言，对中国古典文化有很深的造诣，为了周氏家族的酒店业，她又在北京学习酒店管理。她为了自己最初的爱，也是唯一的爱而选择单身。

震憾，此女只应天上有呀！

秋天，甄诚教授约我到周南驿与文人雅聚。在“驿站文化博物馆”的牌子前我伫足好久，对文化的肃然起敬，让我生怕举止失仪。

周南驿中的情景，与周南驿小姐在博客里描述的一模一样。从迎宾到前台，女孩们个个清雅，哪一位女子是周南驿小姐呢？

我在女侍引领下缓缓走进“车马司”，座中满是洛阳文化名家，全是男士，当然没有一位是周南驿小姐了。

我向老总张耀光先生询问“周南驿”其人，询问他，酒店里是否有如此这般一位才女，姓周，或者姓王……侧耳静听半天，他说已经是冰雪糊涂了。

我向甄诚教授要才女周南驿，他顾左右而言它。

座中达人说：“周南驿文化是大家策划的。”

他们策划了驿站文化，又在策划伊尹文化，难道，“周南驿”小姐也是策划出来的吗？但我坚信，一定有这么一位女子，她不是众人拼接起来的虚构，因为那博客之后必然有一个与众不同、独具个性、冰雪聪明的灵魂支撑。

我发飙站起来：“那文章是谁写的，博客是谁打理的？不会是一位普通的员工吧？”

耀光先生说：“谁策划了文章，谁改写了文章，谁喝一杯。”甄诚教授无奈地笑起来：“当然，当然，那文章没有十年功力，也写不出来。”站起来与我干了满杯。

在周南驿没有见到才女周南驿，我念念不忘。有一天，我去外面联系公司业务回来，一楼前台叫住我，说一位姓王的先生，受人拜托，来拜访我。因我不在，没有上楼，也没有留电话。

姓王的先生？是谁呢？我沉吟。

前台的丫头，突然想起：“王先生说跟甄诚教授也是朋友。”

我马上打电话给甄教授，他说周南驿小姐现在一心向佛了，曾在西藏住了三个月。现在又到陕西某地礼佛去了，委托她的至友王先生来看我。

我遗憾与才女所托之人失之交臂。

第二天一早，我便接到甄诚教授的电话，说在博客上看到一则感人文章《洛阳城里寻非花》。

那是“莲花岛主”的博文。才女周南驿已经化身观音俗家弟子了。也许，入世出世，往来自如，才是这样不凡女子的修为吧。

静下来，我还是疑惑：也许，才女周南驿真的是他们策划出来的人物？

我今夜打电话给甄诚教授，问究竟有无其人。他说人家不是去看过你；他说正与他们吃饭。我问饭局上究竟是周南驿小姐，还是周南驿老总？

甄诚教授已喝高了，他有个习惯，喝高了就关机。

古书缘

一本古旧的《增订广舆记》，是才女茗泉的随身之物，书中看似不经意的眉批，竟然隐藏着一段令人叹惋的旧事，也由此生出一段情缘……

北京近郊的一所校园里，树木成荫，虽然时值七月，早晚却有习习凉风，卷着一丝儿水汽，沁人心脾。

茗泉和来自全国各地的一百多名酒店经理人在这里接受为期三个月的封闭式培训。

茗泉的母亲是杭州周姓茶商世家的女儿，父亲祖籍洛阳，他们是大学同学，毕业后，同在杭州一所大学教书。茗泉生长在外婆家，随了母亲姓周，所以算是洛阳与杭州的“混血儿”。

室友菲儿说：“难怪你那么聪明！还那么喜爱读书，一个女孩子，竟然喜爱古旧的《增订广舆记》。”

茗泉把书举到眼前，看看，然后贴到胸口，轻抚着。这是上大二时、外婆去世留给她的遗物，和这套书在一起的，还有十几册旧书，都是前辈留下来的，外婆知道她喜欢读书，特意嘱咐留给她。

有一天，茗泉发现书的封面上记了个电话号码，还有一段乱写的文字，心疼地质问菲儿。菲儿一吐舌头说：“我记电话，顺手拉来写了。你不也在这个书上乱画吗？”

周南驿小姐

菲儿说的是散布书页里的眉批，字是蝇头小楷，细若蚊足，足见书写者的书法功底。一心缅怀外婆的茗泉，这时才注意到这些字。

茗泉随着菲儿的手指，仔细看着这些眉批：

在河南地图上，“洛阳”二字画了一个圈，在其上方的眉批是：“十二年，载茶至洛，舟覆于水，王掌柜赠银六两。”右边隔了一行，又有一行字：“王家老店，东大街，王移澎。”

茗泉的父亲姓王，世代居住在老城东大街——“这个‘王家老店’是不是与自己家有关？”

茗泉拿出手机，给爷爷打了个电话，问：“旧时候东大街是不是有个王家老店？”

爷爷显然吃了一惊：“这事俺没提过呀！那是咱家祖传几辈子的店，东大街上，没有别的王姓字号。民国三十三年让小鬼子给炸了。”

茗泉又问：“咱家先辈中有没有叫‘王移澎’的？”

爷爷说不知道，没家谱了。

外祖父家世代做茶商，年年贩茶到内地，一直到了母亲这一代，上完大学，做了大学教师。那么周家传了几代的书籍怎么写着王家的事呢？外婆去世了，把一件秘密也带走了。

茗泉打开电脑搜索“十二年、洛阳、发大水”，然后一页一页阅读。她推测那一年应该是“雍正十二年（1734 年）”，清代乾隆《洛阳县志》记载，当年七月二十一，伊洛河暴涨。这时已是夏天，按说春茶采摘后应该春季上市的，为什么到夏天才到洛阳呢？

“哎，这几天怎么神魂颠倒的？”菲儿把走到岔道的茗泉扯回来，关切地问。

茗泉说：“我有个故事呢，你可愿听？”

菲儿“嗤”地笑了：“你泡一壶好茶，慢慢给我道来。”

于是在茶香氤氲中，一个优美的故事展开了：公元1734年，杭州一位俊秀儒雅的周姓茶商，把当年新茶装了满满一船，一路顺运河北行，到各城市后靠岸销售。收茶、售茶虽然辛苦，但是收益颇丰，沿途风光尽可浏览，周老板最喜好这读万卷书，行万里路的事情。

茶船到达洛阳，伊河、洛河正是汛期，船陷入洪水旋涡，倾翻在河中，周老板和伙计们生于西湖边，谙熟水性，拼命游回岸上，一船茶叶和财物都付于洪流。

这本《增订广舆志》是周老板他们上岸后新买的，还是落水时带在身上保存下来的，不得而知。他们上岸后，在东大街上寻找老乡，问到王家老店，掌柜王移澎看到这群饥饿的外乡人，马上让他们进店用餐。周老板一行人在店中安顿下来，继续找老乡，但没找到，当时洛阳做生意的南方人很少。这时，王掌柜已经知道了周老板的身世，赠送他们六两银子。清代府衙普通文职人员的月俸才二两，六两银子足够他们主仆回杭州的路费。周老板在随身的《增订广舆志》上写下了这件事的关键词，叮嘱自己铭记王家老店的大恩。

二百多年后，这两个家族的后人又偶然在杭州相遇，同窗共读，终成眷属，并生下了周茗泉。算一算，从那个夏天洛河覆舟到现在，两个家族各传了九代或九代以上了。

“真的这么巧！”菲儿的茶差点喷出来。

茗泉沉吟着：“细节都不重要了，重要的是尘封九代的秘密，有一天终于又浮出在后人面前。幸好他们都无愧于心，要不，让后人情何以堪！”

青岛红

萧雨星也是一个从历史里走出的人物，传承着家族的文化、风尚与产业，又肩负着恢复与创新的重任，如果她是一个塑造出来的虚构的人物，那么赋予她灵魂的幕后人，是何等样人呢？

女孩一双秀目从办公室的窗口望出去，正好看到青岛李沧宝龙城市广场中庭。一盆盆牡丹盆栽摆成一朵盛开牡丹的形状，那两盆含苞待放的“青岛红”正隐身丛中，等待稍后的竞猜活动。

场子里热闹非凡，到处是赏花人。从一楼到四楼，三步一簇，五步一堆，是摄影人支起的“长枪短炮”。盛装的洛阳“牡丹仙子”们被围在中间，接受各大媒体记者的采访。

“你好，经理要报表。”

“哦。”女孩忙转身伏在电脑前做报表。她是一名文员，工作很忙。等女孩把任务完成，直了一把腰，再往窗外望时，喧闹的“迎‘青岛红’回家”仪式已经结束，只剩下牡丹和观赏牡丹的人群。

正午打卡出来，女孩来到两株“青岛红”跟前，凝神观赏。一位特意赶回来补拍图片的记者，一下子抓住了这个镜头。

年初，由于工作需要，女孩从做得很顺手的招商部调到工程部，工程部的工作很繁重，她一接手，就马上投入了，接替她招商工作的是几个新手，她需要“带”她们一段时间。每天都在这两端和两难的处境中工作，女孩很累。她在自己的微博中诉苦，说压力好大，好委屈，有了辞职的念头。

一位ID“萧雨星”的博友不断通过微博评论或者私信安慰、开导她。“萧雨星”自说是女孩的同事，又不愿透露真实身份。

“萧雨星”说去年四月，她休年假到洛阳看牡丹，在国家牡丹园里看到几株正在开放的牡丹，红中带紫，艳而不燥，十分漂亮，旁边一个标牌：“青岛红”。这位青岛美眉顿生亲切感，旋即，疑惑也在她心中升起：洛阳牡丹为什么叫“青岛红”？

花工告诉她一个演绎一百多年的故事。1897年11月德国以“巨野教案”为借口派兵占领青岛，遂将德国远东舰队司令部设在青岛。青岛蓝雨酒庄老板赵文儒先生为避祸乱，举家迁到夫人王氏的原籍洛阳。赵先生在青岛时精心培育着一种牡丹新品种，他不忍弃此花，就将仅有的七株牡丹一起带到洛阳，种植在自己的居所，朝夕相守，为它取名“青岛红”。

2005年春，赵丹女士成了蓝雨酒庄第五代传人，也成了那七株“青岛红”的养护人。她游遍古都园林，竟然没有发现和“青岛红”一样的品种，就把七株“青岛红”献了出来，“青岛红”来到牡丹专家手中，八年间，从当初的七株，发展到目前三百多株。

“萧雨星”被这个典故打动，萌生出请“青岛红”回家的愿望……

听到“萧雨星”讲这个故事不久，女孩就在公司微博上看到总经理吴争鍋带队到洛阳考察“青岛红”的消息，接着看到召开迎“青岛红”回家的新闻发布会。洛阳牡丹要在青岛盛开，“青岛红”要回家了！

女孩兴奋地叫起来，竟忘乎所以地叩开总经理的办公室：“真的？”

吴总正和两名洛阳客人说话，看到女孩，亲切地说：“高兴吧？这一段工作顺利吧？”

那两位客人也笑望着她：“你的朋友‘萧雨星’的心愿要实现了。”

“你们怎么认识我？怎么知道‘萧雨星’？”女孩讶然。

“这是一个商业秘密，一个策划。”

“‘萧雨星’就在你身边呀。”

两个客人争相回答她，却让她更加糊涂。

“糊涂就对了。安心工作，保守秘密。OK？”吴总微笑示意，女孩知趣地退出去。

可是，萧雨星究竟是哪一位美女同事呢？

“迎‘青岛红’回家”仪式的第二天，日报最显眼的位置放着最美的一张图片：阳光下，一位高挑秀美的青岛女孩，穿着合体的工装，微微俯身，深情凝视着含苞待放的“青岛红”，图片标注：“青岛红”形象大使！

女孩第二天早早来到公司，帮着护理牡丹，特意看了看微微开放的“青岛红”。好几位参观者拦住她问：“你就是宝龙女孩萧雨星，‘青岛红’的发现者，形象代言人。”

“我不是呀！”

可，谁是“萧雨星”呢？

微博上，“萧雨星”也功成身退，再也没出来说话。

牡丹渐渐盛开，整个场子国色天香，观赏的人流络绎不绝。

女孩又看到了那两位洛阳客人，是他们送牡丹来的，她赶上去，悄悄问：“究竟谁是‘萧雨星’呀？”

一位说：“这是个秘密。是个策划。”

另一位说：“不是你吗？都上报纸了。”

女孩若有所悟：难道“青岛红”也是一个策划？！

桃花 style

在古都洛阳的城市广场，一男一女缓缓散步，他们的意象中，四周就是桃林，桃花盛开，落英缤纷……

他说，你有没有一种经历：在不同年份的同一天，你无意识地到了同一个地方，看着相同的景物，突然想起之前的某年某月某日，你也曾这样站在这里……这说明了什么？

她说，嗯——有一份感受一直藏在你的心灵深处？

他说，是你的生活变化不大，所以你还能沿着相似的轨迹走回邻近的地方。

哦——她抬起头，看到洛阳宝龙城市广场的大屏幕上正在放着《江南 style》，转过头，她看到他正在背后观察着她，便嫣然一笑。

她说，你知道吗？有时在不同时间和地点，你也会产生与几十年前某一时刻同样的感觉，这一会儿，站在时尚感十足的城市广场，她的眼前却是一路桃花，落英如雪，覆在树下金黄的油菜花上……她想说，在那花海深处，应该有或者真正有过一个心仪的情人等着她染一身粉红和幽香如期而至，但她转开目光，不想让他看到这些想法。

他的眼里也满是桃花：我每年春天都要回到家乡小城去看桃花，出了城四五里，云梦山下，处处桃花林，走进去你就迷了、醉了……

她便想起了云梦山下，那一树桃花。在家乡时，年年春天看桃花，桃林漫步只有她一个人满心的渴盼，初恋后，她也年年恋爱，只是没有在桃林中留下浪漫故事，因为，她的几次恋爱都是从桃花落尽芳华开始，经过了夏天、秋天，到了冬天便冰封了。桃花抚慰了她心中的伤痛，让她重新渴望爱情，又害怕灿烂后的凋落。

这心情与她此刻一样。所以，走过肯德基、必胜客、迪欧咖啡、星美国际影城……穿行在玻璃钢质的城市雕塑间，她想起漫天桃花。

她笑了，你一定在桃花林有浪漫故事，所以如此记挂！

他们已经围着城市广场转了一个圈，回到正门大屏幕下，鸟叔的骑马舞正 high。她仰起头，看那 MV。他静静地望着她的脸，审视岁月的痕迹。

他们是高中同学，她高三时，他高一，两间教室顶头，他常常观察窗外飘过她苗条动人的身影，却无缘说话。

毕业多年以后的一次朋友聚会，他匆匆而来，说自己刚刚送走一批前来考察的省领导，他的接待，让他们很满意。她笑了，他还是那种自负的样子。

他的生活轰轰烈烈，她的生活平凡单调，又一次见面，是在一次他负责的大型活动上，经过一个多月的筹备，开幕庆典圆满完成。她是跟着单位方阵来的，他把她拉到自己所在的雅间一起吃饭，向众人昭示他们的同学友情。她忙向大家解释："其实，当年我们都没有说过话。"这一描，反而更黑，大家都笑，她气得无可奈何。

一年后，他通过招考来到洛阳从政，从只身一人来到一个完全陌生的工作、生活环境，到把老婆孩子都接到洛阳，重拾平凡普通的家庭生活，这中间经历过什么，她在小城一无所知。其实，一个人的心路历程，又有几个人能知道呢？

多年后，她寻梦也来到这座城市。他请她到西餐厅吃饭，为她和自己各点了一份牛排，第一份上来，本来应该让她先吃，但是，他想到她说是第一次吃，一步步教，怕伤她面子，就把第一份放到自己面前，不动声色，让聪慧的她效仿。所以他的动作显得很夸张。他们边吃边聊，他竟然毫无戒备地把一段正在困扰的心事倾诉给她。或许就是因为她认得其中的女主人公，也善于聆听别人的心声吧。那一顿饭吃完之后，他开车送她到公司门口，她开门下车，他说："等等，你忘了一件事。"

"什么？"她想来想去，疑惑不解。

他轻轻嘟哝了一句，脸刷的红了。她没听清，愣着在想。他已慢慢倒车离开了。

她常想起来那个分别场景，想他为什么脸红。她没有感觉，友情和同学的熟稔就是如此，依恋而毫无暧昧。她担心他想岔了，那样，她就很难和他相处，甚至会失去这个朋友。于是，很长一段时间，她都不联系他。

她必须请一次客，在这座城市，这次请客按最普通的标准，也需要一千元钱。她正好手头紧张。窘迫的她，想来想去，决定向他借一千元钱。他问她用途，她说了真情。

他回短信说："如果你另有他用，说个卡号，我打给你。如果是为请客，一千元根本不够。我来替你安排，你只管请人。"

她感激不尽。

结果是，那晚的宴请很成功，她更加感激。他说："多大的事呀，弄得跟英雄救美似的。"

"也许，对你是举手之劳，却是在我最窘迫的时候解决了难题。"

他笑了。

他说："离开你的时候，总觉得你那么亲近，见面的时候，又感觉你离我那么远。"

广场上，微风吹过，撩起她的长发，很冷。在桃林，定有一串花瓣"噗"的一声离开花托，散落凡尘。她知道他在看自己，她心里有故事，主角却不是他。太阳偏西，AB 座高层公寓的影子长呀长呀，慢慢地漫过马路对面，城市的黄昏总是来得早。他说：回吧。真得回了。

她点头："谢谢你陪我一起看桃花。"

这话点燃了他的兴奋，在他的一生中也许只有这样一个女人，会说出他心中的感受：午后，在城市广场，一起看桃花。

巧　遇

同样都叫林风，却有着不同的命运，因为生活轨迹相交，他们又影响着彼此的命运，有时是巧合，有时是有意……

从哈尔滨到昆明的飞机终于穿过雾霾降落在洛阳机场，晚点一个半小时。等待的乘客依次检票登机。

林风坐在 33D 座，33E 空着，33F 是一位五十出头的微胖男士。林风放好行礼，舒展一下身体，见 33F 拿出随身小包，取出一个小黑盒子，解开衣裤，她本能地闪开眼睛，脸红了，却又忍不住好奇斜眼观察，见 33F 正往肚皮上注射胰岛素。她微笑着说："糖尿病？"

33F 豁达一笑："哎。"

林风同情地说："这病忌口多，遭罪。"

33F 收拾好注射器，坐稳说："嗯。习惯了，不当它是一回事就好。也感谢这病，我不到五十岁就病休了，要不还得在烟草公司干十多年，哪来现在的高工资。”林风一时忘了“男不问收入，女不问年龄”的忌讳，接口：“您现在工资得多高？”

“原公司里拿小三千，我现在不是在哈尔滨一家大烟草跨国公司跑业务吗？这个是拿年薪和提成的。像我这次到昆明谈业务，一应费用都可以报销。”林风羡慕地说：“真不错。您是怎么和东北那边公司联系上的？”33F 说：“这里面还有一件巧事呢。那年烟草系统在北京有一个会议，我参加了。晚上，不停地有人打电话过来，叫我林总，和我谈业务，都是很大的交易。刚开始我以为是有人恶做剧，后来疑惑有个同姓同名者也在这个会议上。我找来会议报到簿一看，果然有一个人也叫林风，是哈尔滨的。查了他的电话打过去，他也觉得有缘，便约到一起谈了一个晚上。从此成了朋友……”

“等等，你说什么？林风？你和他也叫林风？”

“哦，都姓林叫风，同名同姓。你也认识叫林风的？”

“我本人。我也叫林风！”

33F 把她上下打量一下，惊讶地说：“第一次遇到女的叫林风，还是个真美女。你是做什么的？”

林风说：“本来是一名老师，一名好老师。但是，我也是因为一个偶然的机遇，认识一位福建织袜厂的小老板，我就辞职出来了，在关林做袜业批发，小生意。”33F 赞许：“能舍了铁饭碗出来做生意，这就是个能人呀！”

“坚守，还是舍弃，是每个人的不同选择。”

飞机经过一阵颠簸后，平稳飞行，空姐开始分发饮品。

林风要了杯咖啡。33F 要了一杯白开水，喝一口，接着说去年他又遇到个林风：年初出差到武昌，接待方请洗脚，洗脚妹是一位带着一副厚厚眼镜的小姑娘，没考上大学，家里缺钱，就出来打工。33F 一边靠在沙发上享受，一边随口说："现在流行做准分子视力矫正手术，你也去做一个。大姑娘家的戴这么厚眼镜，不方便也不好看。"姑娘感激地说会去看看。年底，他出差到汉口，接待方也是请他洗脚，洗脚妹也是一个戴厚厚眼镜的姑娘，他就又随口提了那番做准分子手术的建议。那姑娘把他上下打量一番，惊喜地说："是你呀，真巧。"

"你？怎么跑到这里了，怎么没做眼手术？"33F 终于想起在武昌遇到过她，惊讶不已。

姑娘说："刚换到这家一个月。我的收入并不高，每月还要给家里寄钱，所剩无几，攒不到手术费。"

……

33F 喝了手中的水，把空杯递给专注听他说话的林风："帮我再要一杯。我当时想帮帮她，就询问她的联系方式，她的父亲是一位烟农，竟然也叫林风。"

林风笑了一下："帮了吗？"

"回去后，因为忙，就忘了。转念一想，这样的姑娘太多了，帮得过来吗？"

"可……能帮一个算一个，能帮多少量力而行。请给我她的联系方式。"林风说。

这时，飞机到达昆明上空，马上要着陆了。33F 在记事本上翻找一下，飞快抄写在便条上，撕给林风。

走出机舱，33F顾不上和林风道别，一边打电话联系接机人，一边匆匆往前赶。林风也掏出手机，查询航班。四个小时后，将有一趟飞机飞往武汉。林风订下机票，取了旅行箱坐在大厅休息，她计划给那个父亲也叫林风的，戴厚厚眼镜的洗脚女孩一个幸运的巧遇。

茶女苏槿

那晚的茶道表演，苏槿失手了，把茶汤从闻香杯翻转入品茶杯时，茶杯脱手，溅出的热茶烫了手。晚饭聚餐，那道鸽汤上来，鸽子的眼睛还是那样半睁着，她突然捂着嘴离席，在卫生间里干呕了半天。

下午四点钟的阳光照在西泰山景区游客服务中心大楼东面的炎黄群雕上，夏日的太阳脚步快，大楼的影子也很快追了过去，投在群雕上。

苏槿在二楼落地大窗里站着梳理长发，旗袍裹着她窈窕的腰肢。“噗”的一声，一块乌黑的东西重重撞在玻璃窗上端，掉了下去。玻璃完好，苏槿吓了一跳，嘴里的簪子“叮当”一声落在妆台上。她开了窗户往下看，分辨出那是一只灰鸽，忙跑下楼去。

灰鸽脖子后仰，两眼半闭，嘴角有一丝血迹，僵硬地躺在地上。这是一只羽翼初丰的雏儿，还有几只在楼顶飞檐上停着，观望着遇难的同伴。

苏槿毫不掩饰自己的痛惜和受到的惊吓，不断喃喃："怎么回事？！"她把眼睛向垂手站在一边的桂叔瞟了一下。桂叔见苏槿望向自己的眼神里有疑问，还有不屑，他眼里的得意一下子僵住，被太阳晒得黑黑的瘦脸，更黑了。

苏槿就疑惑这事与桂叔有关。

她看到鸽子半闭的眼睛，露着一痕灰白色，那是失去生命没有血液流动的肉体泛出的颜色，令人恶心恐惧。她想起杜鹃湖里挂在"挂子"上的死鱼，大概死有一个星期了，翻着白肚皮，也是这种灰白的死亡之色。死鱼的五脏六腑在仲夏的池塘里发腐，把多日没进食，饿得瘪瘪的肚子涨得圆鼓鼓的。"挂子"是一种网眼很稀的拦河网，网眼四周布满倒刺。鱼挂在上面，进退不得，又无法觅食，活活饿死。据说，桂叔在林子里还下有捕鸟和小飞鼠的挂子呢。

那晚的茶道表演，苏槿失手了，把茶汤从闻香杯翻转入品茶杯时，茶杯脱手，溅出的热茶烫了手。晚饭聚餐，那道鸽子汤上来，鸽子的眼睛还是那样半睁着，她突然捂着嘴离席，在卫生间里干呕了半天。

桌子另一边的桂叔隔着好几个人，将一块鱼脖子后面的肉夹起，探身放到苏槿盘子里，苏槿"呀"地叫了一声，皱起眉头。她极厌恶别人用用过的筷子给自己夹食物。她忍无可忍起身离座而去。桂叔举着筷子，呆了半天。

桂叔来自中国北方的大山，退休后，到山青水暖的景区养老，他的工作就是穿着汉服，修修树、整整花，做做他认为可以做的事，做“人物景观”。他有足够的时间闲聊，也非常想向人炫耀自己年轻时在无边无际的北方林场狩猎的“丰功伟绩”。

苏槿没有时间，每天中餐和晚餐前，在大餐厅为旅游团表演茶道。如果下午和晚上有客人单点了她去表演，她另收费用。在没人点茶的时间，她就敷上面膜、手膜，斜靠在沙发里闭眼听音乐。

苏槿对每一个人都彬彬有礼，又都不深交。桂叔和她搭讪，想吹嘘一番自己的“成就”，几次了，她都浅笑着岔开话题，匆匆离开。也许，苏槿就是这样的性格吧。桂叔想。

但桂叔发现有一次苏槿晨练中间休息，站在一丛月季前，人花相映，总经理阿朋走过来，两个人聊得投机，她发出少有的开怀大笑。无论脚步多匆忙，遇到景区收留的流浪狗，她都要停下来，逗它们玩会儿，还常惦着给它们带食物。这与苏槿看桂叔时淡淡的眼神形成鲜明的对比。

桂叔男人的自尊被狠狠撞了一下腰，做什么事都恍恍惚惚的。坐在绿化带的沿儿上，他竟然睡着了，恍恍惚惚见到苏槿向他走来，脸上带着灿烂的笑。他迎上去，苏槿却越过他一直走。他转回身，看到阿朋站在那里，苏槿径直走过去……桂叔一阵心悸猛地醒来，阳光刺得他睁不开眼睛。

慢慢地，桂叔以为那天的梦就是真的，确确实实是真的。他便逢人就说，上了瘾。

敏感的苏槿发现人们眼光的异样和阿朋刻意的回避，困惑又张惶，有一种撞在桂叔的拄子上的感觉。

入秋，苏槿悄然离开，到B景区去了，依然表演茶道。清晨或午后，窗外成群的喜鹊互相追逐，争抢地盘和小虫。

一天午后，一只喜鹊啪的一声撞在苏槿窗外的飞檐上，掉到地面，口吐鲜血僵硬了，半闭的眼睛露出的一丝死灰色，与西泰山景区那只鸽子死法一样。苏槿便想起桂叔。

她向来自西泰山景区的人打听桂叔，人们竟然说没见过这样一个人。

苏槿想象桂叔真的老了，老得坐在花池边上，就睡着了。他不再去下挂、起挂，挂子上的鱼腐烂了，化掉了，挂子也破成了丝絮。苏槿心中揪紧，郁郁不欢。

第二年入秋，苏槿收到一个寄自东北的包裹，惊惊疑疑地打开来，是几须东北老山参，还有一小包野生木耳。最下边是一纸书信，字写得还挺不错，署名李桂。

李桂是桂叔的名字，还有一个电话号码。他说回东北大森林了，在那里，他可以自由自在地捡蘑菇、木耳，可以采集到只有他才找得到的山参，野鸽子和野鲫鱼多得往网上撞，等了他很多年的美姑还在等着他……

戴迪的珠宝

一辆货车就斜刺里撞上来，压瘪了宝马。戴迪当场香消玉殒，老公残了一条腿。三个月后，老公坐在戴迪常坐的躺椅上，

周南驿小姐

一件一件翻看她的珠宝，他琢磨这些假货到底有什么吸引戴迪之处……

戴迪这几年，喜欢上旅游，随着飞机起降，投入一个又一个陌生的城市，然后，带着一包包具有旅游地特色的“珠宝”回到洛阳。

此刻，戴迪脖子上挂的是一串西藏天珠，手腕上是一串景德镇青花瓷珠手链，手指上一颗鸽蛋大的绿油油的东陵玉戒面的戒指闪着低调的奢华。戴迪喜欢大气的宝贝，因为她长得人高马大，性格大大咧咧，花钱也是大手大脚。

她喜欢珠宝，刚刚兴起钻戒、玉石的时候，她就给自己买了，因此欠下一笔债务，一直不敢告诉老公。为了赚钱，她决定下海。在繁华地段租下一间门面，开起服装店，用自己的名字命名它。

戴迪服装店在牡丹广场，走的是高档名牌线，搞活动时，打完折，每件也下不了八百。这种高档服装不走量，要的是“半月不开张，开张吃俩月”的效果。所以戴迪不忙，时常兴之所至，向看店的小姑娘打个招呼，就踅到隔壁的茶社和老板娘喝茶聊天。

戴迪喜欢忙碌一天后洗个澡，穿着睡衣，干干净净的。用了护理品，吃了安利的保养药，然后搬出首饰盒，一件一件地把她淘来的珠宝拿出来赏玩。一小盒的和田玉原石是在新疆买的，还有那两块拳头大的昆仑玉原石。当时，导游说和田玉已采尽了，物以稀为贵，所以不断增值，现在都翻了几十倍。昆仑玉品质跟和田玉一模一样，却因为初开发而价廉，升值空间更大！戴迪就用半年的收入，买了这些对眼缘的玉石。

那一盒里是海南旅游买的水晶、青岛旅游买的珍珠……每一次旅行回来，她不是说买的山寨货，玩玩；就是说打折促销，一折，还买一送一。

去年年底，她终于入不敷出，二十万块钱贷款已是一拖再拖。她不敢告诉老公，于是，群发短信给三个平时来往甚密的男人。一个一直没有回音，一个说正在国外，半月后才回去。只有那个也是做生意的朋友回信说正在忙，问到哪里给她钱？冬天下午六点钟时，天已经黑透了，下着小雪，那朋友的奔驰停在她店前，她接过钱，把欠条递过去，朋友接过欠条撕得粉碎，说："你若紧张，就一直用着，宽裕了，就还我得了。"

戴迪当时就泪水哗哗的，感动这世上有一个比丈夫更亲近的男人，不敢跟丈夫说的事，可以跟他说，他毫无条件地帮助她，出手的可是真金白银呀。

戴迪在这次云南旅游的最后一晚，在金凯广场点了"黑山羊"涮锅，喝着56度的"地道云南"，配的两道素菜名字忒别致："水性杨花""相思菜"。陪她一起小酌的是同一个团的三女一男，大家聊得开心，不觉就喝多了，戴迪说："马导很喜欢我，我能看出来，他说话的时候，总看我。"

"呵呵，昨天的精油和螺旋藻片你是大买家，今天上万块的翡翠和黄龙玉你买了一块又一块，他在你身上能拿到几千块的提成……"

"马导是个少数民族汉子，我喜欢这种男人，愿意让他提成。"戴迪说着拿出手机拨打，马导已关机了。

第二天，在候机大厅里，戴迪打电话让老公开宝马接机。回过头叮嘱旅友："千万别告诉我老公这些珠宝的价钱，来的时候，他就交代只游玩，别乱买，这会儿买了一堆珠宝什物，他一定吵我乱花钱。还是朋友好，你可以跟他说实话，他会帮助你。"

做电子商务的戴迪老公开宝马接走她。没想到，一拐上岔道，一辆货车就斜刺里撞上来，压瘪了宝马。戴迪当场香消玉殒，老公残了一条腿。

三个月后，老公坐在戴迪常坐的躺椅上，一件一件翻看她的珠宝，他琢磨这些假货到底有什么吸引戴迪之处。

戴迪的第一笔货款催欠单到了。接着是一笔一笔，接踵而来，老公才知道戴迪这些年为这些爱物花了多少代价。他找了一个珠宝行家来鉴定这些东西，行家说，戴迪买的全是"绩优股"，若干年后肯定增值。若急于出手，只能降价，打折出让，他可以帮忙找买家。

老公挥手拒绝，他盘出服装店，加上车祸赔款还了戴迪的大部分债务，然后申请了一个珠宝网店，电子商务他是内行。拜戴迪所赐，很快，老公成了珠宝界的大咖！

叶牡丹

一个从小热爱文学艺术的乡村姑娘十多岁到洛阳打工，结婚生子又离婚，一步一步努力地向理想靠近，但是好事多磨……

叶牡丹踩着高跟鞋的脚从出租车里伸出，一落到地上，便飞快地向酒店大门跑，似乎肩头的一大卷画和她精瘦的身板都可以抛下不管，只要赶上刚刚到宾馆里的这拨客人。

她把歪靠在案旁的 X 展架扶起，上面说叶牡丹是牡丹城著名画家，某美术学院毕业生，某画院签约画家。她的照片极美，特别是一双大眼睛。有几个游客过来看了看，但是都没买。

大厅渐渐寂寥下来。叶牡丹打了两个电话，七岁的女儿把作业摊了一案板，却钻到案板下不知在捣鼓一件什么玩意儿。

叶牡丹不会在画上落款，她没有练过书法。画呢，倒是跟着美术培训班练过两个月，会涂抹几笔写意牡丹，每日辛劳，画画的时间很少。她那一大卷儿画都是从老城书画街“进”来的，是那种大批量流水作业的工笔画，一张张都是同一个底稿，只是涂色稍有变化。

向强一瘸一拐地走过来，躬了身子动笔题起款。叶牡丹一叫向强，他便骑着自行车急急赶到，一站一个多小时，精心帮她写字。他在一家小区的过道里摆个书画案板，过堂风一年四季吹，哪有几单生意。单身有残疾的男人，自己糊口都不易，只能一直“单”着。叶牡丹给了他一丝朦朦胧胧的希望。他觉得难得一个女人，带着一个女孩，满可以找个有钱人过舒服日子，却倔强地自己谋生，执着地爱着书画。

叶牡丹叫的另一个人是个头发花白的老头儿，退休记者。自从那一年，叶牡丹在王城公园帮人卖牡丹画，遇上这个采风的记者，他们就在一起了。老记者的妻子已经过世几年了，他们却总走不到一起。

最初那一年多，叶牡丹很动了一些心思。老记者有工资保障，为她策划，让她从一名卖画的助理，成了一名拿着证书，被报刊宣传过的“画家”。感激自不必说，敬慕也是真的。

女儿却极讨厌老记者，厌恶他掉了一颗牙的嘴，一说话老有唾沫飞溅，常常为不肯和他吃同一盘菜歇斯底里。叶牡丹没少因此和女儿怄气。老记者年龄大了，有一些老年人的毛病，更让叶牡丹生出一些怜惜。有时，老记者打电话过来，说要到家中吃饭，她无论多忙，都抽出身来赶回家为他做上可口的饭菜。这两年，两个人相依为命之情越来越浓。

老记者也不敢和做官员的女儿讲，更不好带叶牡丹到自己的圈子里去。一些老面子，他还是讲究的。退休的这些年，他写些书法，放叶牡丹那儿卖，也卖出去过一些，倒让他更依赖她。

向强写完字，夜色已浓重如墨。叶牡丹让女儿一起去吃饭，突然想起她还没写作业，就大声吆喝起来，女儿回嘴：“我不好，你好？！”

叶牡丹踩着高跟鞋的脚跺了几跺，老记者赶忙去拦，女儿反骂他流氓。叶牡丹羞恼得无地自容，扑上去，要打女儿。差点把向强带倒了。一帮客人从电梯出来，她才止住闹剧。

女儿早拎着书包跑了。

三个人的饭吃得没滋没味。叶牡丹将眼睛盯着还有一大半的牛肉说："小时候，母亲只知道走乡串寨，不好好给我们做饭，因为营养跟不上，我的脚上三四个趾甲缺失。上到初中，我喜欢写诗，写了一首装在口袋里，锄地间歇，拿出来念给弟妹们听，父亲在一边挖苦，说我一个刨土出身的要是能吃上文化饭，他头朝下走路。我出来打工，什么都干过，终于，我成了画家，吃文化饭了。"

对面的两个男人，都同情地点头。

她还想说上次母亲来看望她，帮她收拾屋子，东西全放得她找都找不着。还没事跟同院的人闲聊，嘱托人家给自己张罗对象，说最发愁的事就是她的终身大事。

她望了望眼前的两个男人，收住话头。

"所以我一定要给女儿加强营养，送她上美术特长班。"

叶牡丹将牛肉打了包，拎在手上，另一只手掏出手机，打了几通，都无人接听。

"糟了。"她说，"孩子没带家门钥匙，作业又没写，特长班她去了没——天啊，这期的收费忘交了，拖了这么久。难道她这段儿都没去？"

叶牡丹匆匆地跑往马路对面赶公交车，又折返回来将一个红包塞进向强的上衣口袋，不容他有一丝推辞的余地，她知道向强生意不好，总不让他白为自己写字。

从她衣兜带出来一张纸片，纸片是从报纸上剪下来的，上面印着一则向社会征集“最美母亲”的启事。她打电话叫老记者来，就是想让他帮着写写自己如何一心为女儿的——她为了女儿不受奶奶歧视，婚都离了。

公交车来了，她只好上车，任“启事”在夜风里打了个旋儿，贴着地面越滑越远。

第二辑　麦香苑

当田野的风吹来，麦子成熟的时节，我们都还是个少年，梦里常寻找丢失的《麦田里的老牛》《羊的契约》的时代慢慢走远，诚信一度走远，又回到我们身边，大槐树下，响起迷人的交响乐……

麦田里的老牛

拴在老槐树下的老黄牛停下吃草，扭过头看着德叔，大大的眸子闭了闭，咧了咧嘴，似乎在嘲笑德叔……

德叔把插在窗边砖缝里的镰刀取下，看到满是黄锈，他举起来，对着西斜的阳光瞄了瞄，然后在门口的磨刀石上淋了水，“嘶溜”“嘶溜”地磨起来。

拴在老槐树下的老黄牛停下吃草，扭过头看着德叔，大大的眸子闭了闭，咧了咧嘴，似乎在嘲笑德叔。

德叔没有回头，就知道老牛心里想的什么，腾出手把叨着的烟拿下来，咳了一声，说地里头哪有麦可割，入冬到立夏，一直旱，没有雪、没有雨，麦子长得都跟黄草芽似的。没麦子，要联合收割机做什么！

老牛听了，转过头去，依旧默默地嚼着草料。

德叔一直单身，早年，相过不少对象，可人家一看他双手都是“六指”，就吓得连连摇头。隔壁天明爹是德叔的亲哥，不仅人长得“全乎”，还是一把好庄稼把式。天明娘接二连三地生下三个儿子，个个虎仔样喜人。天明娘每一次怀上了，就许诺说生下来送给德叔养老，可一生下来，就舍不得了。

没有儿子，德叔就养牛，德叔这院里，牛养了一茬又一茬。

一来二去，德叔跟天明娘就较起劲儿来，天明娘不让孩子们理德叔，德叔也把“牛钱”攥得紧紧的，不肯接济天明家一毛钱。小侄子天明买本子要一块钱，天明娘为难半天，卖了生蛋鸡才凑上。

这几年，德叔人老了，身体也弱起来，对这头老牛越来越生出相依为命之情。他坐在院里陪着老牛说话、看星星，凉气上来了，给牛加了草料，才进屋歇下。

第二天窗户才刚透出白色，德叔就起来了，煮了五个鸡蛋，烙了两张饼，装了一塑料饭桶茶水，把这些和镰刀、绳子一起放到人力车上，给老牛上了套，老伙计俩就出门往西坡麦田去了。

搁往年这时候，大小的收割机早在地里连明赶夜地奔忙着，在外打工的青壮年们都回来了，三两天时间，收了麦，入了仓，点玉米、撒豆子，人晒黑一圈。一眨巴眼的工夫，这些人又都四散到天南海北赚大钱去了。家里清清静静地剩下一帮老幼。今年这时候，地里依然静静的，黄焦焦、稀拉拉的麦子，像又丑又怪、发育不良的小媳妇，没有姿色，也没有内容。打工的人都没有回来，天明的两个哥和两个嫂子也都没回来。

德叔说："一直不种不收，有多少粮食不也得吃完？鳖孙们挣再多的钱，你买不来吃的，也活不成！"老牛"哞"地应和一声，逗得德叔呵呵笑起来，坐在地头吃了些烙饼和鸡蛋，咕咕灌下一碗水，喘口气，跟牛说："你歇着吧。"便弯腰割起麦子。

天将中午的时候，麦地热得像烤炉，德叔把牛牵到西沟底吃草，自己往草地一倒，就睡着了。人接了地气，一觉睡到太阳偏西，才醒来。睁眼不见老牛的影子了。

叫了几声不应，德叔站到高处，不远处的公路上一个人影也不见。德叔有些心慌，他听说城里人吃牛羊肉都吃尽了，逮着老鼠、猫肉都充牛羊肉呢，这要是看到老牛，还不得剥洗一番下汤锅。德叔就急了，奔上大路，往城里方向走去。山间的公路九曲十八盘，散落着的村村寨寨里也都是老人和孩子，幽僻的岭上原始生态园这会儿却如同集市，一座座休闲帐篷搭在林间。烧烤的香味扑鼻而来，呛得德叔打个喷嚏，越发担心老牛早成了案板上的食材。

转悠了一圈，也没见老牛的蛛丝马迹，德叔觉得口渴，胸口发闷，眼前一黑，就什么也不知道了。蒙眬中感到有人喂他喝水，睁眼看到一帮城里人围着他问长问短，听说德叔丢了牛，领头的就让一个女孩发微博寻牛，自己开车送老人回家。

离麦田老远，德叔就看到老牛在沟外的一棵歪脖枣树上拴着，一个单薄的身影在田里帮着收拢麦捆，仔细一看，是天明。

周南驿小姐

天明在城里重点高中读书，周六晚上回来，周日下午返校上课，看叔家的牛在沟口徜徉，叫不应德叔，就把牛拴上，帮叔收起麦子。

有股暖流在德叔心里一拱一拱地，他摸索着解开裤腰，从裤衩上的暗袋里掏出一卷钱，抽出一张红票子，仔细看了看，又抽出一张，卷到一起，拉过天明往他裤兜里塞："赶紧走吧，别耽误了考大学。咱家就你有学问呢。"

羊的契约

回到家乡，他圈起一块地，贷了款，准备开养殖场。每走一步，胜子都与对方签订书面合同。买羊时，他轻轻唿哨一声，领头的"各类"打个冷颤，马上俯首贴耳。

胜子眯起眼，想起了爹，想起了爹传授的流传千年的不成文的契约。

"各类"（头羊的别称）回头望望幼小的胜子，将头向右边的麦田一摆。它的妻儿老小马上争先恐后地向鲜嫩的麦苗扑去。胜子挡阻不住，拿鞭子去甩，"各类"咩叫一声，将两只弯刀样的利角抵向他，吓得他连连后退，一屁股坐地上，哇哇大哭起来。

哭声终于将爹招来，拾起鞭子，"嗖"地扫向"各类"，鞭梢在“各类”耳后疾速掠过，它一跤跌到坎下，在地上打起滚来。爹一声唿哨，“各类”忙从地上跃起，咩叫一声，羊群便归拢一起，相跟着往坡下窑洞走去，羊倌常年住坡上窑洞，与羊相伴。他拦的羊多数是乡亲们寄养的，没有报酬，不仅羊长大了归原主，母羊怀了羔，也是原主的。羊倌只得羊粪和羊毛。这便是羊的契约。因此羊倌都穷，爹四十多岁才捡了外乡人遗弃的男婴，取名胜子。

胜子上到初中二年级，好说歹说，再也不愿到学校去，他受不了一天到晚坐在教室里那个鸟笼一般的座位上。辍学后，爹将羊鞭正式交给他。他已能准确地一鞭扫在羊耳后，让“各类”望见他就发抖。

看着羊群越来越壮大，胜子也一天天变成小伙子，爹心中高兴，开垦荒地的劲头更大了，他要给胜子积累一大囤粮食，娶亲办喜事时就不用借了。胜子放羊的第六年，爹得了急病，什么也没有说就离世了。

五叔从新疆回来探亲，找到胜子要自己的羊。胜子弄不清羊发展了几头，五叔便认下一头，杀了请全村人吃饭。胜子自此不再承认羊的契约，乡亲们再也从胜子那儿要不回自己的羊。同村的青年们都出门打工了，他们一个月的工资，就买得起几只羊，也没工夫去和胜子争执父辈留下来的羊。

城里卖羊肉串，开羊肉汤馆的也越来越多，胜子的羊被一头头买去。最后他干脆卖了羊群，留下一堆羊粪，也南下打工了。

不久，人们就传说胜子大发了，老板将大工程分包给他，他带着几个工人一起苦干，挣了不少钱。

几年后，胜子回来了，依旧孑然一身，依然苦巴巴着一张脸。他不愿多谈打工的经历。但有人说，他是栽在一个女人的手里了。那女人和他大概是老相识，上初中时一个学校。女人学习也不算好，后来自费上了大学，在城市一家公司上班。

女人到工地上找到胜子。让胜子惊讶得嘴都合不拢。那停在不远处的宝马，女人身上的穿戴和保养得很好的皮肤，像一道月光，在胜子面前亮起。女人在学校时叫翠，现在下半部给截了去，叫羽。羽第一次约胜子出来，先到洗浴中心洗了个澡，两个人穿着裕袍在并排躺着，让服务生按摩。胜子面红耳热，又舒坦、又紧张、又激动，才知道人间还有这样的享受，回来，逮谁跟谁说，细细地描述，不无炫耀。羽第二次约胜子出去，开车兜了很大一圈，终于带他到自己的公司，陪他参观公司的宝物陈列大厅，告诉胜子这里陈列的“国宝”级文物，都是在电视鉴宝节目上被确认的，身价将倍增。一般的人家买不起这些宝物，可以认购它的股份。有许多人把钱投在这些宝贝上，将来随着宝贝的升值，可以从中分到增值，在没有增值的时间里，这些钱将以高息存款的形式，按期付给投资者利息。胜子又是佩服到五体投地。

羽带胜子坐到茶桌前，一边为他泡功夫茶，一边随意地建议胜子把这几年的积蓄投入进来。胜子心动了。先投入积蓄，马上分到了首月的利息。看到来钱如此容易，他把刚拿到手的工程款也一下子投入进去，想等增值后，再给工人们发工资。但是到了领取第二个月工资的时候，胜子打羽的电话，不通了。来到羽的公司，大门口被男男女女围得水泄不通，他好不容易挤进去，看到公司的门上挂着粗重的“U”形锁，里面陈列的宝物全都不见了，大厅空空如也，地上是凌乱的废纸。

老板跑路了。胜子和门外一众人一样，血汗钱都化作了一阵清风。胜子将所有值钱的东西都卖了，和几个合伙的弟兄凑齐路费，散了伙。

回到家乡，他圈起一块地，贷了款，准备开养殖场。每走一步，胜子都与对方签订书面合同。买羊时，他轻轻呛哨一声，领头的“各类”打个冷颤，马上俯首贴耳。

胜子眯起眼，想起了爹，想起了爹传授的流传千年的不成文的契约。

正月茵陈二月蒿

正月十七的清晨，很安静，没有催人兴奋的鞭炮声，让睡不着的佳佳觉得一下子空落落的，就又想起白蒿。

正月十七的清晨，很安静，没有催人兴奋的鞭炮声，让睡不着的佳佳觉得一下子空落落的，就又想起白蒿。

佳佳爱吃鲜嫩的蒸白蒿。洗净的白蒿搅了面粉上笼蒸，伴着小磨香油、蒜泥汁，那才叫美味呀！

佳佳在广州做了五年钉扣工，五年没尝到这口美食，却与做保安的铁成谈了两年恋爱。去年夏天，她披着婚纱，嫁到了北城外八里园，成了铁家的新娘子。

新房还没暖热，他们就双双返回广州，租了一间小屋，布置一个属于两人的小天地。他们计划再攒两年钱，就生个小宝宝，接婆婆到大都市来带孩子，也开开眼界。

2008 年春节的那场大雪，给了他们在广州单独过年的最好理由。工厂和公司都放假了。他们在自己的小屋里享受着恩爱、思乡和一点点的空虚。

谁也没有料到变化会这么快。

佳佳所在的服装厂十月份已没了订单，十一月份就停工了。

十二月的时候，铁成的公司也破产了。

他们游走在街头，寻觅一切用工的信息，一抬头就撞上与他们一样找工作的人，工作却百寻不见影踪。

2009 年春节近了。他们无奈地退了房子，把电器和用具托运回河南老家。临上火车，他们拿出积蓄，像往年回家一样，给父母、哥嫂、侄子买了衣物和礼品。

望见村口，佳佳心里发怵："铁成，往年咱回来，就像是在外面发了大财，做了大官似的。如果咱们说没了工作，回来不走了，村里人会怎么看。咱先瞒着，过完年再说明。"

铁成叹口气说："嗯哪。"

乡亲们品尝着他们带回来的烟和糖，直夸他们能干，成了广州人。佳佳的弟弟把姐夫带回来的摩托拆了包装，一鼓捣就骑上了，说是到路上试试，一骑走几天就不见人影。

铁成分门另住的哥哥，趁人少的时候嗫嚅道："家里电视太小，频道也少，等你们回广州时，把大彩电搬到我家里看看。”佳佳忍不住说：“我们不走了。”

哥嫂的嘴巴一下子都张成了“O”型。

婆婆倒欢喜起来：“不走也好，快生个孩子。家里有果园，有经济林，还有凤山下几大片水浇地，忙季也缺人手，都是我和你爸、哥、嫂辛苦加班把活计赶出来。你们不走，我们也该歇歇了。”

铁成和佳佳互相看看，心里不是味儿，一如今冬，温暖却干涩。

回到新房，家具上的喜字还正红艳。可躺到床上，二人都比新婚时更不适应。铁成前半夜总睡不着，一个人看电视。铁成刚刚睡着，佳佳便醒了，睁着眼思前想后地盼天亮。

春节本该到处串串门儿，他们却窝在家里，怕出去别人问起工作的事情。

昨晚是正月十六，南城外河滩里大放烟花，村子里男女老少结伴进城看热闹，佳佳不想去，往年这时候，她已在广州和姐妹们结伴逛花市了。村路一直修到公路边，路上每十分钟一趟公交车，但五里长的村路没车的人还要步行。铁成早从小舅子手中要回摩托车，来回送人到深夜，却不好意思张口要钱，刚刚想出的这个赚钱门路似乎行不通。

想起白蒿，听听身边铁成微微发出均匀的鼾声，佳佳悄悄起身，退到床下，才穿好衣服。她在灰蒙蒙的晨光里来到村后凤山脚下，阳坡下的人工河没有一滴水，河床瘦骨嶙峋裸露着。今冬天暖，一场人工细雨，岸上沙土细软处已有了微微的绿意，仔细看，一片白蒿的枯根处，有的透着鹅黄的绿尖，有的已是指甲盖大小的绿芽了。

佳佳蹲下来，看着，似乎心头也有一丝绿芽露头。天空的薄云间有飞机穿过，一会儿，细雨洒下来。佳佳站起身，急急往村里走去。远远地，村头一个人影打着红伞，左顾右盼。佳佳叫了一声铁成。铁成便走过来，像在广州时那样拥住她："一大早到村后做什么？"

佳佳说："看白蒿发芽了。雨一过，天晴了，就能采茵陈了。广州的饭店里，一份几十块钱。县城的街头也几块钱一小把。"

铁成笑："'正月茵陈二月蒿'，白蒿芽能吃两个月，接下来，榆钱、槐花又应时了。天一热，桃儿、杏儿也赶上趟……"

佳佳"嘁"的一声半笑半嗔："真把我当你家的看园婆了？这只是个过渡期，慢慢看城里有什么可做，还是要出去的。"

铁成郑重点头："嗯，刚才你一出门，村西养猪的李哥来叫我快往城里送一趟猪肉，一个来回得了十块钱。他说，要是愿意，这些天就替他跑着。那就——先干着，'过渡期'嘛。"

铁成的学舌把佳佳逗笑了。

一抬头，家到了，娘正站在大门口等他们吃早饭呢。

构子姑娘

桂真读："'就是到了生活已经无法忍受的时候，也要善于生活下去，要竭尽全力，使生命变得有益于人民……'（《钢

铁是怎样炼成的》）哎哟，快扯腿，抽筋了。”

枸子给桂真捋腿，自己也叫起来，长腿伸出来：“抽筋，疼，快来帮帮‘人民’。”

初冬的阳光，苍苍凉凉。

驻村的第一顿午饭，桂真拿着发的硌篓（特大的碗）和一双筷子，在集体食堂吃玉米粥。长长的队伍后面，一个十八九岁的长辫子姑娘婷婷袅袅走来，往人堆一站，高出半个头。

长队里的男青年起了一丝骚动，有人问："枸子，你娘哩？"

枸子姑娘红了脸，从她记事起，娘不是挺着肚子正在孕育中，就是刚生了孩子正在哺乳，枸子已经有了六个弟妹。

姊妹兄弟多，是枸子的苦难。穿衣、吃饭都靠在她身上。而枸子总是有办法，她夏天能在杨树林抓到蝉，秋天能抓到蚂蚱，用草串起来，烧得香喷喷的。冬天，她会挖草根，捡过路候鸟的粪便，在山腰小庙的墙上抠出墙泥里的谷糠……

枸子只上到小学二年级，可是她美丽的大眼睛里，满满的、深深的，全是聪慧。桂真很喜欢枸子，枸子也喜欢跟城里来的女干部搭班做农活。

腊月初三晚上，小队里的高音喇叭嗞嗞啦啦一阵，苟队长通知调来了一车煤，卸在了村西头的土坡下，要马上运回食堂。

队长点了六七个男女青年的名，其中有桂真，也有枸子。桂真担起箩筐往村西头走，听到背后传来细碎的脚步声，接着衣袋一动，她用手一摸，是一块糠饼子。

“别吭，快吃。”

哦，是枸子姑娘。桂真闻得见她身上一股花儿初绽的馨香。

桂真后来才知道，糠饼是枸子用自家枕头里装的秕谷糠掺榆树皮做的。枸子真能想出办法来。正是这块饼，支撑桂真往返两趟，担回了四筐烧煤。第三次再去担时，枸子把桂真堵在了食堂门口："真姐，别去了，我们一人多装一锹就完了。"

完成任务已是深夜。桂真和枸子相跟着，一起往回走，她的腿又酸又软，小腹涨疼，是月信的征兆，但因为营养不良，三个月没有见红了。她悄悄问枸子的状况。

没有星星，也没有月亮，看不清枸子脸色，也没听清她嘴里喃喃两声什么。这和枸子平时的快人快语判若两人。

冬天寒冷漫长，枸子过来和桂真做伴。

桂真就着小油灯看书，枸子偎在床的另一头，给弟妹们做鞋，她把桂真的脚抱在怀里，暖流从脚尖流过心田。枸子个子高腿长，被子盖不住，桂真抓过棉衣包在她脚上，学着村人笑："个子高不算富，格外多穿二尺布。"枸子无奈又豁达地跟着笑。

隔一会儿，她就央求："给我读读，那书上都写些什么？"

桂真读："'就是到了生活已经无法忍受的时候，也要善于生活下去，要竭尽全力，使生命变得有益于人民……'（《钢铁是怎样炼成的》）哎哟，快扯腿，抽筋了。"

枸子给桂真捋腿，自己也叫起来，长腿伸出来："抽筋，疼，快来帮帮'人民'。"

工作队撤离时，枸子站在村人中间，低头不语。车发动了，她才追上来，搂过桂真的脖子，在她耳边说："我没来过例假，没有……"

桂真愕然，二十岁，身材纤长、如花怒放的枸子姑娘啊！

桂真想细细地问她，但车已发动，一股烟尘，驰回地委。不久她被调到省城，编写书籍，再也没有时间回到枸子的村庄。

桂真接到苟队长报信，跟着她赶回村里，已经是半夜了。枸子住的西屋里点着豆大的油灯，昏黄的光下，枸子闭眼沉睡着，瘦得只剩一把骨头了。众人唤醒她，她没有睁眼，嘴唇动了动，用手使劲抓挠着胸口。

桂真轻声问："她这是什么病呀？"

二大娘拽拽她的衣角，哽咽说："啥病也没有，饿的。她把自己的口粮省下来给弟妹们了，她……"

第二天，桂真来到县城，在一个僻静的街角，用攒下的粮票换来十斤白面、十个鸡蛋，托人捎回村里。

稀稀的蛋花面汤一勺勺流进枸子嘴里，两天后，她醒过来了。没有见到桂真，枸子很遗憾。她让弟弟把剩下的鸡蛋和白面包起来，辗转托了好几个人，捎回省城，还给桂真。那年月，面粉鸡蛋比金子还珍贵呀。

不知是生活先好起来，还是枸子先嫁人，她生了三个闺女，个头都是平平常常。让人惊喜的是最小的外孙女韩贝出落得跟外婆当年一模一样，十九岁那年，她考上省城高校模特班，常出现在刊物封面上。桂真偶尔看到了，觉得跟枸子像，思念起来。一转头，就又忘了，她已是八十岁的老人了。

周南驿小姐

嫁　女

门口一个比自己大不了多少的高个子男人给一群孩子发红包。他凑近些，看到男人胸前别着“新郎”。有这么老的新郎？他又凑近些看，那男人就随手也递一个红包给他。他推让，举起烟说：“我抽烟呢。”男人又塞给他一包烟。

李二妞一直叫他大伯，其实她是大伯的养女，该叫爸。李二妞叫他大伯也一点没错，她是他的侄女，是他弟弟的二女儿，因他半辈子没娶，过继给他了。

明天就是李二妞的婚期。昨晚大伯从乡下赶来，准女婿安排他和二妞一人一套，住在洛阳最高、最贵的酒店里。

昨晚一夜没睡好，天刚麻麻亮，大伯就起来站到阳台上，点起一支烟。他抖抖袖子，二妞买这西装穿身上哪儿都不舒服。

从窗口望下去，城市还在沉睡。大伯习惯地在沙发边蹲下来，就咂摸着让女儿从酒店出嫁，不是个滋味。可女儿女婿都说大城市就兴这。从酒店接二妞到新房，行了礼，然后还在这个酒店吃酒席。

说起吃酒席，大伯也别扭。打小儿起，村里谁家娶媳妇儿，都是全村总动员。两天前男人们有人帮着一家家借八仙桌和板凳，有人担水、烧水，有人杀猪洗肉……女人们有择菜、剥蒜的，有揉面做桃形圆馍的，有用筷子把小面块儿夹成各种花形下油锅的……那把肉一块块碎了，分派用场的必然是厨子了。

厨子先指派助手把猪头猪脚上的毛用烙铁烫净，炖到黏稠，做成皮冻。再把拆好的肉一块块下到一只直径一米的大铁锅里，架了硬劈柴煮。一边又指挥助手把五花肉剁成肉馅，他亲自拌了料。这边开始炸丸子、酥肉、豆腐，那边有人拿漏斗撑开大肠把肉馅灌进去，做成灌肠。放到大铁锅里煮。整个村子，都弥漫着喜庆的肉香。

煮肉的人要熬夜看火，一直到肉都烂熟。厨子再一块块把方肉抹上酱红烧。到了迎娶的头天晚上，一应的东西都齐备了。从城里请的响器班鼓乐就吹打起来了。

帮忙的男男女女兴奋着，这是他们得以聚会，展示手艺，打趣骂俏的好机会。

村里的孩子们兴奋着，家里去帮忙的大人每顿都有一碗肉菜和两只白馍，都是错一错别人的眼皮，就端回家来，老人孩子一人一口全尝了荤腥。

小孩子们爱在人堆里钻来钻去，冷不防会有自家爹娘把一块炸油花，或者一小块酥肉塞到小嘴里，示意他不要作声。

村里的几条狗也爱在人堆里钻来钻去，指不定就有谁不小心滑落在地的肉星儿被它们捡着。

大伯的父亲是烧火的，每次都早早劈了干柴，一锅锅地烧。除了吃几顿肉菜外，他还可以得一个几毛钱的红包，外带两碗剩菜——他是出了力的。大伯跟在父亲后面不怕吃苦，父亲去世后，他就接了这个差。

大伯烧火给两个弟弟娶了媳妇，给村子里一家家办着喜事，偏自己耽误了成婚的年龄。

二妞上学，都是大伯挣的血汗钱。他不想让二妞上大学，怕她不回去，又剩下他孤独一个。可二妞心志坚定，真考上了。大伯咬咬牙，没委屈她一点。大学四年，没让她过得比城里人差。二妞在市里工作了，又要在市里结婚了，大伯跟做梦似的。看看住这神仙殿堂，多荣耀。可就是没有村子里吃水席的热闹。

早饭是女婿的朋友来招呼他去餐厅吃的。才回房间没一会儿，二妞在女婿搀扶下过来了，二人对着他拜了一拜，前呼后拥地出门上花车了。女婿是见过好几面了，二妞说好，大伯却不知道好不好，想叮嘱两句，也没跟上。

中午坐在酒宴上，他跟两亲家坐一起。亲家也是实在人，他能看出来，才放了心到肚子里。等司仪把他们请上台，问了些啥他也听不清了，想说啥呢，早忘到九霄云外了。就是觉得新鲜，有气派，别让自己这乡下人拙嘴笨腮地弄砸了锅。

终于等到都坐下来吃饭了。大伯才看清端盘上菜的都是清一色着红夹袄的大姑娘。村子里，可都是跟女婿一拨儿大的精干小伙子帮着端盘子。端到最后，一帮小伙凑一桌，吃喝一顿，完了，再让新娘子一个个来点烟道谢。

大伯去上卫生间，回头拐了一个弯，就从小门到了街上。他抽支烟透透气，看到前面也是一个酒店，门口地上也是一地彩纸屑。门口一个比自己大不了多少的高个子男人给一群孩子发红包。他凑近些，看到男人胸前别着“新郎”。有这么老的新郎？他又凑近些看，那男人就随手也递一个红包给他。他推让，举起烟说：“我抽烟呢。”男人又塞给他一包烟。

女儿已换掉白婚纱，穿着红缎旗袍拉着女婿跑出来：“哎呀，大伯，你咋跑这儿了，让人好找。丢了可不得了。”

大伯指着那男人说：“看，真奇怪。”

二妞说：“横幅不是写着‘金婚’纪念？人家结婚五十年了！”

大伯点头，打开红包，里面是五十块，他又稀奇：“城市里还有这好事！”

桃花三姆

三姆有桃树一样结实的腰身，皮肤被田地里的阳光晒得黝黑，一双大眼睛却格外清澈明亮，像院里拴着的那头漂亮母牛的眼睛一样，闪着温顺良善的光芒。

三姆的娘家在离城五里的云梦村，云梦村有闻名乡里的百亩桃园，她有个好听名字叫桃花。可是，自从她嫁给了胡村的胡三伯，又相继生下了大健、二健两个儿子，人们就忘了她还有个那么美的名字，只知道她叫“三姆”了。

三姆有桃树一样结实的腰身，皮肤被田地里的阳光晒得黝黑，一双大眼睛却格外清澈明亮，像院里拴着的那头漂亮母牛的眼睛一样，闪着温顺良善的光芒。

小男孩顽皮，爬墙上树的，不停地惹祸。村里，不是这家女人尖着嗓门吵孩子，就是那家孩子被娘追打得满街跑。三姆从来不对儿子们起高腔，下地一天，回来做饭打发一家人吃了，大健却吵着要去外婆家，她便背了大健，哼着小曲走娘家。

村妇们迎面碰上，拖长了腔调："哎哟，他三姆，你也太惯着孩子了。"

大健、二健都这么在三姆背上走过两村之间的山路，度过温馨幸福的童年，到城里读书去了。云梦村里，三姆的母亲却病倒了。三姆有三个哥哥，二哥、三哥都在外工作，大哥做生意赔了钱，躲到外地去了。她二话没说，一天三顿饭在胡村做了，送到云梦村给卧床的母亲。

三伯看不过她的辛苦，把丈母娘接到自己家，一住三年。老人将要闭眼时，交代三姆送自己回云梦村。三姆看着娘溘然长逝，哭得死去活来，却不曾埋怨哥哥们一句。三嫂过意不去："都是我们不好，让你一个人辛苦。"

她忙反过来安慰嫂子："别多想，我伺候娘，我喜欢。"

大哥躲债时间一长，大嫂带着女儿跟别的男人走了，留下一个五六岁的小子。三姆跟三伯一商量，把侄子接到胡村，像背大健、二健一样，把侄子背来背去，一直到他也考上了城里的初中。大哥回来探亲，要带着儿子离开。三姆详细地交代侄子的生活习惯，千叮咛，万嘱咐，要他一定好好待侄儿。临别时，孩子哭着不舍得松她的手，村里妇人们都看得掉两行泪。

三姆清静地养了两年牛，刚刚有了些积蓄，大健考上大学，那点钱一次就花尽了。三姆脸上没有一丝愁容，她稳稳地对儿子说："上学去吧，咱有钱，家里有钱。"却悄悄找人贷款，为儿子准备好下一学期的费用。她打发三伯去打短工，自己喂着牛，又接手一个城里人寄养的小婴儿。小婴儿在三姆怀里长大，叫三姆“姆妈”，就是不认城里的亲娘，她一抱就哭。女人无奈，只好住在三姆家，晚上和孩子、三姆一起睡，直到慢慢地，孩子默认了她，才带着孩子回城上幼儿园。

大健大学毕业，分配在市里，不久娶了一个城市女子做妻子。三姆总是把儿子捎回来的钱悄悄塞回去，坚定地说：“家里有钱。你过好自己的，别操心我们。”几年后，大健家的儿子淘气翻出了三姆藏着的票据，大健才知道，母亲刚刚还完了供他上大学的贷款。

三姆婆婆的老年痴呆突然加重了，身边一没人看着，她就脱光了衣服，到处跑，吃喝都得人喂。轮到三姆照顾的那个月，她总是照着城里的习惯给婆婆洗澡、换衣，小心侍奉，直到两年后，婆婆毫无痛苦地离开人世。

村里人全都说三姆是个好人，“功德圆满”了，该歇歇了。

可三姆又得出门了。大健家又生个小妮子。媳妇是独生女，爸早去世了，妈生病卧床，需要人照顾。这年头，保姆难找呀！三姆依依不舍地扯着二健女儿的手，在院里转，摸摸新买的牛犊，浇浇刚种下的蔬菜……三伯无奈地叹气。三姆跟三伯商量，让他辞了短工，在家带孙女，自己到城里带另一个孙女。

三姆说：“你一得了空，就去城里找我吧。能常见着。”

村里人说：“他三姆，你不会打算，自己养两头牛，一年也收入一两万。把孙儿抱大了，自己又是净身一人回来了。”

在院里又转一圈，三姆对三伯说：“咱不帮孩子们，自己去挣钱有什么用？我去照看着亲家母和大孙子，让俩孩儿安心上班。是这理不？”

“嗯哪。”三伯仰脸望着三姆，眼光热辣辣的。三姆的脸就发烫，烧成一朵桃花。

大槐树下的交响乐

一群调皮捣蛋的留守儿童，在村中惹着各种祸事，然而有一天，他们变了……

刚子最喜欢村东头那一棵大槐树，春天一来，鸟鸣啁啾。他带着一帮孩子捣鸟窝、掏鸟蛋，没几天，树上便悄无声息了。鸟会飞，却不禁玩儿。

麦收时节，村里有许多收割机到不了的地块，留守村子的老人们都下地抢收了。

刚子悄悄翻墙，端掉立德爷上屋的木轴门，进到里屋，从柜子里摸出那瓶立德爷藏了一年的好酒。

当他从腋下拿出战利品在五六个小伙伴面前晃动时，成就感爆了棚。

看着瘦弱的豆豆，刚子想起豆豆爸去年回来时一喝一瓶：“豆豆，你敢学你爸不？”

豆豆脸涨得红红的：“拿来！”

刚子用牙咬开酒瓶盖，往他面前一杵：“给，喝一半。”豆豆豪气冲天，猛喝一口，眼里辣出泪，咳起来。看到小伙伴都盯着他，心一横，咕嘟咕嘟灌下去半瓶。刚子和几个伙伴一递一口，分享完剩下的酒。

立德爷叫嚷着寻到村头，刚子几个脚下飘飘忽忽地逃跑了，留下豆豆靠在大槐树根人事不知。三天后，酒醉的豆豆才在医院里醒来。

刚子逃学，准备溜回家玩游戏，正好看到邻居门口停着一辆农用三轮车，钥匙没拔掉，就骑上去打着火，突突突地朝县城方向开去。在斜坡的地方有个急弯，刚子握不住车把，车翻了，将他摔出老远。

懵眼的刚子被一双大手拉起来，仔细看，是个在外地工作的中年男人。男人微胖、长发，衣着普通，一脸严肃。刚子心中害怕，一骨碌站起就跑，不管那人喊些什么……

马上就要放暑假了。

刚子下学后无所事事，一个人在路上溜达，忽然听到村头大槐树那边传来一阵唢呐声，忽高忽低，曲折悠扬，吹得心里痒痒的，脚不听话地往大槐树那边迈去。远远看到那天的中年人站在大槐树下正吹唢呐，几个孩子已经静静地围在那里。刚子听得如痴如醉，第一次安静地站了那么久。

当天晚上，他做了个梦，梦到自己会吹唢呐了，像那个人一样鼓着腮帮，摇晃脑袋，吹出婉转的曲子，一帮小伙伴们吹笙、弹琴、打架子鼓跟他应和着。早上醒来，刚子躺在床上惆怅了很久。跑到大槐树下去看，却没那人的影子。

周南驿小姐

下学时候，村西头传来打架子鼓的声音，他忙循着声音赶过去，在周爷门口挤挨着几个小孩，一溜儿地往院里探头。院里，那个人正打架子鼓，“咚吃哒吃”地打得起劲儿，全身都跟着鼓点抖动，还不时帅气地一甩头发。一个平常普通的人一下子像中了魔法，变得魅力四射——帅呆了。看见孩子们窥视，那人打得更起劲儿了，不时丢下鼓槌拿起胡琴拉几下，又举起唢呐可劲儿吹……最后，他望着被吸引到院子里的孩子们笑了：“想不想学？”

刚子吸了一下鼻涕，说：“想。”

“我姓周，想跟我学，就得严明纪律，遵守师训。”那人一本正经地说。

“行，周老师。”刚子带头说，孩子们也一片声答应。

“第一，我教你们学乐器，不收钱，但你们必须按我规定的时间准时报到学习。第二你们必须宣誓，学习雷锋好榜样，不说脏话，不做坏事！”

刚子和伙伴们的脸色凝重起来，从此有了一种身份感，自己感觉再也不是在村里地头野跑的孩子了。

这个夏天，村里老人每天听着不成曲调的各种乐器声，一点也没觉得嘈杂，反而感到清静了不少。这帮孩子不再打鸡撵狗地惹是生非，老人们还不习惯了。

四乡的孩子也被吸引来了，一个小院里，最多的时候超过50个孩子。他们打架子鼓、弹电子琴，吹唢呐、吹葫芦丝，拉二胡……

周老师还把院旁的三间房翻修了一下，当做教室，准备常年办下去。

这个暑假结束的时候，一场小型交响乐会在村头大槐树下举行，不仅来了四村八寨的家长，还惊动了城里的记者。刚子才知道周老师是退休的文化工作者，放弃了很多高薪聘请，回到老家，免费教这些孩子们。

在音乐会的间隙，记者问周老师为什么这样做，周老师红了脸："我从小也老不听话，但耐烦音乐，9岁那年，偷偷把爷爷的一把竹雨伞把儿锯断，钻了几个窟窿做成笛子吹。对音乐的热爱，让我慢慢改变了自己。这几年回村，听说，也看到了这帮父母在外打工的孩子，顽皮捣蛋，连老师也头疼。我想，用乐器演奏来试试。"

刚子听到这番话，一股暖流从心窝升起，直拱鼻尖。他稳稳地站到场中央，眸子里闪着光辉，领头吹起《百鸟朝凤》，短短两个月，他完全变了！

被风翻过的书页

当好奇的网友找到那个山区小县的某乡某村一个简陋的农家小院，叫喊"丫丫"时，门应声打开，大家看到她，不，是他，蹲在地上，左手拿着一个小板凳，右手打开大门，热情地招呼着来客。

周南驿小姐

“初夏时节，布谷鸟的声声啼叫，催落了一街两行雪架似的刺槐花。芬芳醉人的槐花的清香诱我艰难地挪到商店门口。远远就望见我那七十多岁的老母亲又给我送饭来了。轻盈洁白的槐花，飘啊飘的，轻轻柔柔地飘落在母亲那微驼的肩背上，落在她手里端着的热气腾腾的饭碗里……”

网友“丫丫”在一个文学论坛发表了一篇题为《母爱》的帖子，她说，她十四岁时，得了风湿性关节炎，双手萎缩得厉害，双腿不能走路，是母亲为她求医问药，悉心照顾，几十年如一日，从未厌弃过……大家却从她优美的文笔中，猜测她是一位清雅伶俐的女子，悠闲舒适地侧卧沙发，在电脑上敲打出一行行文字。

但是，当好奇的网友找到那个山区小县的某乡某村一个简陋的农家小院，叫喊“丫丫”时，门应声打开，大家看到她，不，是他，蹲在地上，左手拿着一个小板凳，右手打开大门，热情地招呼着来客。

在这个简陋的小院里，一个瘦弱的中年男子就那档蹲着，一步一步向前挪。他说，他就是丫丫。他的那些网贴中描述的生活，除了性别不同外，都是他的真实生活。他的真名叫志伟。

那年，他上初二，病越来越重，他全身肌肉萎缩，双手严重变形，双腿不能站起来，只好辍学在家治病。

为了减轻疼痛，志伟那时养成了听广播的习惯，他特别喜欢听散文、诗歌等节目。听得多了，他开始学着创作。

他对母亲说：“看，我用耳朵在读书呢。”

母亲就擦着额头累出的汗珠，对他鼓励地笑。背转身母亲的泪就掉了下来。自从儿子得了这种病，心疼、愧疚、劳累，让她一下子老了十岁。她农忙时要做农活，农闲时，还要在附近的工厂打工，维持生活、为志伟治病。

对于没有多少文化的志伟来说，创作可不是一件容易的事儿。豫西农村的院子，常年通风朝阳，一年四季，都比屋子里凉快或暖和。自此，除了刮风下雨，志伟几乎每天都会坐在院子里，靠在桌上认真看上几个小时的工具书。

有一年夏天，他的病情特别严重，根本坐不住，胳膊也抬不起来，母亲又要外出打工，他就让母亲在院子里铺一张凉席，自己侧躺在上面，把课本靠在树上，靠风的自然吹动来翻书。风，却是个调皮的朋友，有时，伸出一只手，呼啦啦地乱翻一气，有时又躲藏起来，好久好久也不来跟他交流一下。和风做朋友，志伟磨炼得特别有耐心，一等就是好长时间。他常常在漫长的等待中观察云行鸟飞，思考人生一世究竟是为了什么。

但是，调皮顽劣的风，帮助他自学完成了高中课程，还写了散文《春天里的思念》《夏夜情思》以及三千字的通讯《看村戏的收获》，他的这些作品先后被多家媒体采用。

在他薄薄的被褥下藏着一个厚实的档案袋，里面藏着一沓儿家广播电台的采稿通知单。他用耳朵阅读，然后又写出文笔清新的广播稿，以声波的形式发表到空间，令众多听众阅读。

虽然半身残疾，但他不仅将自己拾掇得清爽利索，院子和屋里也干净整齐。这么多年来，他养过猪、蝎子，还在村口开过杂货铺。如今，他和八十五岁的母亲住在一起，靠每天打点儿零工维持生计。

周南驿小姐

志伟的房间里有一件特殊的物品：电脑。在电脑上，他读了大量的文学作品，他亲昵地叫它“我的图书馆”。

他只能用右手食指一个一个地敲击，在文学网站上写出一篇篇文笔优美、感情真挚的网帖，也让网友们了解了他的最大心愿：能走上讲台，为学生讲课。

2015年的元宵节，一家私立学校的校长看到了这则网帖。当即叫来司机：“走，我们看一个人去。”当他看到志伟以自己的方式男子气十足地站在他面前时，他点了点头：“你的愿望就要实现了。”

元宵过后，一路杏花从大虎岭山南开到山北，像夹路的彩锦。

学生代表、老师、校长，簇拥着志伟，将他和八十五岁老母接上车，安置在学校里吃住。这些他必须以每周十二节（每班每周一节）国学课的劳务来交换。

他“站”在高高的教学楼台阶上，在黑板上写下三字经的第一句，上课铃声一落，他便大声宣布：“上课！”学生们在阶下起立，齐声说：“老师好。”

花　红

家境不好，个子不高，相貌不起眼的老黄，当年凭什么赢得了文秀的芳心呢？

立秋一过，炽热的风从花红果林中穿过，扑到人脸上时，就减了热度。

老黄穿着白背心，在小屋前的石桌上练毛笔字，他的妻子文秀高高大大的身影在树间穿梭忙碌，从来也不嫌累。

老黄放下毛笔歇息一会儿的时候，文秀端一碗用井水洗过的花红，放到桌边。老黄拈起一颗花红——小苹果一样的果子，放进嘴里咬一口，长吸一口气："嗯，好吃。"回头望着文秀嘿嘿地笑。"三十年了，那时，你塞给我一手巾兜儿绵甜的花红，我就知道你是动心了。"

文秀笑："当年，真想不到你那么大胆，都说俺家门楼高，不敢高攀呢。"

老黄撇嘴："门楼高还不把你给耽误了，都二十四五了，还没找到对象。不过，我倒是真相中你身体结实，泼辣能干了。"

"那些年，村子里的花红树都砍了，种麦子；一场大雨一场大风，就把麦子全振到沙地里了；这些年又都不让种麦子了，全种果树，一色的苹果。"文秀说。

老黄笑了："咱就不种苹果，种花红。别看它个子小，可吃起来比苹果味道好。"老黄不厌其烦地讲起花红的好处，文秀默默地耐心地听，她从来也没有打断过老黄的话头。可电话不解人意地响起来。

老黄接了，一边嗯嗯一边点头。

挂了电话，对张着大眼盯着他的文秀说："你闺女要带男友回来了，还有那孩子的爸妈。"

"啥时候？"

“明儿黑地。”

“那行，我开车咱去接他们。”

“别慌，”老黄挥手止住，“接住咱把他们安排到哪里？”

“接到咱家呀。要不，接到果园里。”

“咦，你可真老土。我上次去上海看孩子们，他们可都是带着我逛大商场，在高级饭店吃饭，上下楼梯时，还小心地搀着我。在孩子心目中，母亲强大，父亲弱小，不自觉地想保护我。”

“那咱也接他们到洛阳，在大酒店吃饭，吃完饭，再带他们来逛果园。”文秀说。

老黄：“你就忘不了你那果园。”

文秀受了呛白，不吱声坐到一边去了。马骉打趣说：“老黄当年人精干着呢，把开拖拉机的铁姑娘都娶回家了。”老黄一下子打开了话匣子：“当年我个子小，在学校跟老师进行辩论，把老师辩得直叫‘孺子不可教也’。毕业后，没有事做，也不敢要求回学校教书，就回乡做了农民。当时家里穷，屋里啥也没有。我就住在穿堂过道里，两张凳子一张木板床。但是，我那被子叠得方方正正，几本书放得齐齐整整，地面扫得一尘不染。因为家里穷，村里的闺女都看不上我。我想穷也得说媳妇呀。就在村里转悠，就看上文秀了。当时，文秀也老大不小了，长得人高马大的，很能干，开着村里的拖拉机耕地。因为她爹在外工作，哥是县城中学老师，在村里就是高门楼，没人敢攀。你知道她哥是谁，就是当年被我辩论得直叫的老师。我是有点怕。又一想怕也得找她。结果让人跟她说了，她就来家里相亲了。家里穷，没法子，但她一相就相中了。她就看中了咱那屋里的干净清爽。她哥一听说是我，竟把手一拍，也连说好。这事就成了。这一辈子还真没找错人。”

文秀嫂站在一边，抿着嘴笑。

向着月亮奔跑

一个人对一种生活执着地投入、追求，最后她过上了自己想要的，与众不同的生活……

她出身于苏北农村一个世代务农的家庭。家里有四个孩子，她是夹在中间不被注意的老三。

家里经济非常拮据，直到她十岁时，父亲才不情愿地把她送进了学校，因为母亲替她说了好话："让她上几年吧，好歹能识个数，会写自己的名字。"

在班里，因为年龄最大，所以农忙时节，她经常被老师叫去帮忙干活。她喜欢这差事，因为老师家有黑白电视机，干活的间隙，老师会善解人意地打开电视让她看。

有一天，她在电视里看见一排外国人在跳芭蕾舞，立马傻了，眼睛一瞬间也热热的，而且喉头颤动，想要说什么却发不出声音——世界上有那么美的人吗？那真的也是人吗？是和我一样的人吗？

之后的好多天里，她一直神思恍惚，那一排跳舞的人总在她面前晃悠。她想，那才叫活着啊！如果我也可以变那么美，穿着那样的白纱裙，站在舞台上跳舞，那么我这一生，就算值了。

她悄悄去问学校里教音乐的老师。老师告诉她："那是芭蕾舞，需要从很小的时候就开始做压腿、下腰训练。你这样大已经不行了，骨头都硬了。"

她不死心，开始自己练。每天很早起床，把自己的腿架在门口的石墩子上，拼命往下压，疼得眼泪都出来了还一直坚持着。母亲骂她："大清早的发什么神经啊！"她不理会，风雨无阻地练。

应该是和她坚持训练有关吧，十六岁的时候，她出落成一个身材修长，腰肢柔软的美女。长长的头发像舞蹈演员一样梳得光光的，在脑后挽一个髻，和同村的那些女孩子站在一起，显得鹤立鸡群。

那时候，别的女同学成天谋划着去城里的餐馆打工，而她，成天想的是能够站在真正的舞台上，穿着白纱裙、锦缎鞋，头昂得高高的，跳一回真正的芭蕾舞。

她喜欢自己有这样一个不同凡响的梦，喜欢自己和别人不一样，尽管因为这个梦她被那些同学孤立，也被大人们泼冷水。

初中毕业后，父亲说什么也不让她再读书。

于是，她在十七岁那年去了上海。打听到上海有一个芭蕾舞团，便径直找了去，对传达室的大爷说，她想在那里找一份工作，做什么都行。大爷告诉她，那里没有适合她的工作。她失望极了，放下随身带着的包袱，一屁股坐在包袱上，捂着脸哭了起来。大爷正在为难的当口，团里一个舞蹈家路过传达室，好奇地停下脚步。弄明白了事情的原委，说：“我刚生了孩子，家里正需要一个保姆，你愿不愿意干呢？”

她抬起头，看见眼前的女人有着修长的脖子和光光的发髻，和电视里那些芭蕾舞蹈演员一样，便点头答应了。做不成芭蕾舞演员，那么能够和芭蕾舞演员一起生活也不错呀！她当时是这样想的。

舞蹈家每天都在家里练功，知道她爱芭蕾后，便允许她在旁边观看，心情好时，也会教她几个动作，并且告诉她：“如果活儿干完了，你可以来这里练功。”当然，如果团里有演出，舞蹈家也会给她弄张票。能够如此贴近芭蕾，她心怀欣喜和感激，对舞蹈家的孩子越发尽心尽力。舞蹈家很感激她，在孩子入托以后给她报了一个英语大专班，说：“你既然已经出来了，就别再回去了，但是要想在这城市立足，就得有一技之长。”

她不想学英语，只想在真正的舞台上跳一回芭蕾。经过几年的暗自苦练，她已经可以跟着音乐跳一整段的芭蕾舞了。

舞蹈家告诉她：“学英语和跳芭蕾并不矛盾。如果你在这个城市生存都是问题，又怎么能跳芭蕾舞呢？”

她想想也是，只要能留在这里，那么一切都有希望。她乖乖去上了大专班，刻苦学习之余，依然每天练功。班里有一个男生，是上海本地人，家境富裕，为人温厚，是班里女生们心仪的对象。自从男生在学校的元旦晚会上看她跳过一段芭蕾舞之后，便对她念念不忘。

大专班结业之后，她和那个男生结了婚，靠男方父母的帮助，在上海浦东买了一套三室一厅的房子。她把其中的一个房间装修成练功房。她终于可以在自己的房子里，穿着美丽的白纱裙和舞蹈鞋，尽情地舞蹈了。

这是一个真实的故事。故事里的她，和疼爱她的丈夫一起成立了一家小小的翻译社，生意很好。

而在她的家乡，那些和她同龄的女孩子，那些曾经嘲笑过她的梦想的女孩子，要么在家务农，农闲时打打麻将；要么在城里打工，住在城市边缘的简易平房里，和小菜贩们为着五毛钱一斤的鸡毛菜讨价还价……

她今年快四十岁了，依然没有实现自己最初的梦想，但是因为那个梦想，那个像夺目的钻石一样始终闪烁在她的正前方的梦想，她不懈怠、不沉沦，一直向上、向上……

向着月亮奔跑，即使够不着月亮，至少，你也能够成为繁星。

第三辑　梦幻境

似梦似真，是梦亦是真，在夸张与不可能中，你可以发现现实的影子，在现实社会里，也可以邂逅梦幻，让我们一起走进梦幻境，体验五彩生活……

聚宝盆

他取出那张钱，盆底上隐隐又出现一张，越来越清晰，最后，又变成了一张真真切切的百元钞票。

毅取出那张钞票，又一张出来了。他就那样不停地取呀取呀，天亮时，皮箱已经装得满满的。毅累得喘不过气，数了数，五千二百万元！

毅站在沈厅的廊子上往外看去，夜色迷蒙，雨丝如纱。远近店铺门前的红纱灯都亮起来了，夜便更加朦胧，诱人遐思。

透过对面多宝斋的木格橱窗，看到那一面壁上，错落着大大小小的极精致的聚宝盆。会不会像倪匡的科幻小说里那样，哪一只聚宝盆在制造的过程中一个机缘巧合，融进了护城河泥中破碎了的聚宝盆的残片，具有了聚宝盆的复制功能呢？毅这样想着，慢慢走进多宝斋，一只只审视那些聚宝盆。身着月白旗袍的江南女子走过来，吴侬软语：“先生，带一只回去吧，保佑您财源滚滚达三江！”

“真的吗？”毅兴致好起来，笑着调侃。

“真的。”江南女子莞尔一笑，并神秘地一挤右眼。她大概也被这位来自北方，身材挺拔又温文尔雅的帅哥打动了芳心。

毅研究生毕业，全省统招，进了市政府做公务员，是中原古都女子乘龙快婿的不二人选。但是，每次恋爱到了登门拜见未来岳父母的关口，都被卡住了。他来自农村，一个人在市里工作，租房而居，要想靠工资买到一套住房，不要等到猴年马月了。世风如此，毅只能徒叹奈何。

“有只聚宝盆就好了。”毅想，不觉说出了口。江南女子微微一笑，纤纤素手把一只不大不小的聚宝盆捧到毅的面前。毅看到盆底，一张真真的百元钞票。

毅看了一下价格，点头：“就这只吧。”

江南女子又是一笑，打包的时候，取走了那张百元钞票。

毅见状，也笑了：哪有那么好的事！

可是，好事真的发生了。毅在自己的睡房拆开包装，想把晚上品小吃找回的硬币放到聚宝盆里面，竟然发现那张百元钞票还在！

他取出那张钱，盆底上隐隐又出现一张，越来越清晰，最后，又变成了一张真真切切的百元钞票。

毅取出那张钞票，又一张出来了。他就那样不停地取呀取呀，天亮时，皮箱已经装得满满的。毅累得喘不过气，数了数，五千二百万元！

他把皮箱放到床下，不动声色地跟着旅行队伍。微博上一则消息说一家投资担保公司老总携五千二百万元资金外逃，那些钱都是老年居民一生的积蓄，有人存了几百万元，有人存十多万元……一群老人穿着“还我血汗”的T恤衫，跪在大街上，痛不欲生！

“五千二百万元，是巧合吧？”毅想。心中一直沉甸甸的，一路的好风光也无心观看。晚上他悄悄买了一只大旅行箱，回到住处，便关上房门，取出聚宝盆。一张百元大钞正诱惑地躺在盆底，于是，毅又开始取钞，一直辛苦到天亮。他几次累得想停下来的时候，都禁不住一张张取钞票的快感，拼命地干着。尽管他因为那笔钱数的巧合而心生疑惑，但又祈祷侥幸。

第二大，他收拾好这笔钱，五千三百万元！然后，他马上点开手机腾讯新闻，第一时间看到西北发生了大地震，同胞纷纷解囊相助，有一笔捐款却下落不明，钱数正好是五千三百万元！

第三天晚上……

毅不得不承认自己的每一笔巨款都与一场人类惊心动魄的罪恶息息相关！

他找了个借口悄悄离开旅游团队，分别在十几座一线城市购买了豪华别墅和高级轿车。

为了不引起注意，他在工作的中原古都依然租房而居，低调地上班，低调地谈恋爱。他悄悄在北京三环租了一间一居室的民房来放他的聚宝盆和钱钞，周末，悄悄地一张机票飞过去，搬张小凳子坐在码满钱的屋里，他像发疟疾一般，一会儿冷，一会儿热：超级享受与良心拷问轮番折磨着他——他知道每一笔钱的到来，都意味着一场“掠夺”！

一直到他看到报纸上一名白血病患者因家属丢失了救命的十万元而丧生，看到电视上一位农民工讨不回一年的血汗钱而跳楼殒命……他再也坐不住了。

他又一次悄悄来到周庄，来到多宝斋，把聚宝盆递到那位江南女子手上，女子又是那样莞尔一笑，一甩手，把聚宝盆扔到沈万三水下墓的水池中，池水荡漾，金银浮动……

毅舒了一口长气，发现自己竟伏在桌上睡着了，手心额头都是冷汗。他忙找出聚宝盆打开包装。盆底哪有百元大钞，只有一张那江南女子的名片。

窗外，灯火已阑珊，一笼烟雨中的周庄美若画卷！

梦　雪

老狄摇摇头：“那我使劲梦，梦来一场大雪。”正月将尽的时候，下雪了。贝贝从家里跑出来，满院子跑着：“狄爷爷，雪来了，是不是你小时候的雪？

暖冬，风少，阳光充足。

小区的空地上常有人搬了凳子晒太阳。老狄从人大退休后就加入了这个队伍。

五岁的小男孩贝贝，对半闭了眼陷入沉思的老人产生了兴趣，他问："你睡着了吗？"

老狄便把思绪拉回现实，他和蔼地问："你知道有时候梦会变成真的吗？"

小男孩说："圣诞节时，我梦见收到好多好多礼物，第二天就看到我最想要的一套奥特曼放在枕头边上，还有我最喜欢吃的巧克力，你梦见什么了？"

老狄呵呵笑了："我小时候也喜欢做梦，那时候的天呀，比现在冷多了，冬天都会下几场大雪，人们说：'麦盖三层被，枕着蒸馍睡。'下了雪，麦子才有好收成。"

小男孩感兴趣地蹲下来，老狄便接着说。

狄村，每年雪都下得大，村里村外一片白茫茫的世界。狄小五跟贝贝一样都是五岁，他穿着光筒子黑粗布棉袄棉裤，抽着鼻子，望着院里刨抓雪地的麻雀，鸟儿饿极了。人不停地长个儿，也饿。饿极了，便折屋檐下悬垂着的冰棱柱子吃，上学下学的路上吃得咯嘣响。到了半夜，母亲的脚一碰小五，便叫起来："我的小祖宗呀，身上烧得像火炭。"

母亲便用纱布包了捣碎的葱姜，在小五身上揉搓，然后给他盖上被子捂汗。

小五突然来到一个从来也没到过的地方。两层的楼房，红砖、红瓦、玻璃窗，门好宽好大呀，四扇红色木门敞开着，小五就走了进去。里面是一个个玻璃柜台，柜台里摆放着他见也没见过的精美商品。这一排玲珑的小盒子中，有一只写着“美加净”的小瓶子，小五在村长儿媳的窗台上看到过。那边一排是各种小巧的手表，村子里的大姑娘订亲时才会由婆家送一只手表作聘礼，而这手表要留着给家里的兄弟订婚时，再转送到另一家姑娘手上，转来转去，不知道哪家姑娘有福气戴得这一块手表。小五看了看，又转到摆着一盒盒香烟的柜台，黄金叶、大前门……父亲从来不抽这种两毛钱一盒的烟，嫌贵。他总是在集上称了金灿灿的烟叶子，回家细细揉成末，把两面写满字的本子裁成长条，自己卷烟卷，有滋有味地往肚里吸。鞋柜里摆着解放鞋，胶鞋、塑料底布鞋、皮鞋，每一双都比母亲的百纳鞋好看。

转过弯，是一道水泥楼梯，小心翼翼地扶着木扶手爬上去，二楼是一排排花花绿绿的布匹，一格格叠放整齐的成衣。

文具柜里放着橡皮、文具盒、小刀、铅笔……那只铁文具盒上印着南京长江大桥，旁边的卷笔刀是一只青蛙。小五蹲到无人的柜台里，把文具盒拿到眼前细细看，打开关上，不停地把玩着。这时天黑下来，小五想起自己该回家了，但是他顺楼梯下来，却找不到进来的门口。

小五害怕地大声哭喊，也没人应声。最后，他蜷在一个角落里睡着了。当阳光从窗户照进来时，小五醒来，他知道自己被关在了大门里，他不明白自己这是在什么地方，也不清楚自己能否出去，他害怕地用小手指抠抓门缝。

门打开了。一只手伸进来抓他，他夺门而出飞奔起来，跑出一身大汗，忽悠一下子就醒来了。原来在自己家的床上，一身的汗还在。

母亲问他身上好了点吗？他嗫嚅道："嘴里苦，想吃糖。"

母亲叹口气："你真是做梦。"便把一碗煮红薯水端给他。

十八岁那年，狄小五参军了。新兵在县城集合，每个人发了几套衣服。连长教他们要把衬衣衬裤穿在棉衣里。前来欢送的县领导说："咱们县城唯一的百货楼已经建成了，明天要开门营业，让咱们的子弟兵参观完百货楼再到边疆去。"

那天，新兵排着队来到县城唯一的二层楼前，四扇红木门，门上挂着"百货楼"匾额。楼里的布局和小五梦里的情景一模一样。小五梦游一般，又看了一遍十多年前梦里到过的地方，跟着队伍到边疆去了。他在部队梦到家乡一天一个样子，便转业回来了。

五岁的贝贝大声说："是时光隧道，小五有特异功能。他能再一次穿越，把那时的雪搬到这里吗？今年我们这里一冬都没下雪，如果真的不下雪了，我们也要像南方那样，在公园建一个人工雪游乐宫吗？"

老狄摇摇头："那我使劲梦，梦来一场大雪。"

正月将尽的时候，下雪了。贝贝从家里跑出来，满院子跑着："狄爷爷，雪来了，是不是你小时候的雪？"

潜　伏

"革命"这个词是它从李二爷常去的三里屯那间小屋的门缝里听到的。每一次李二爷从那里出来，都像是被重新注入了

生机与活力，兴奋着，期待着，似乎哪天轰然一声就成了顶天立地的英雄。

进财迈着方步，在肉铺门口转悠，李二爷眉头皱起，厌恶地冲它骂：“狗东西”。

进财只是乜斜了一下眼，它看不起这个李二爷，它觉得只有自己的主人崔占魁才配称二爷——他在怀吉堡成立县保安队，做了保安队长，称霸一方。

进财用它的狗脑瓜想不通，李秉仁只不过是个手艺人。打铁、做豆腐，四乡八堡串了几年，年轻轻的，在西大街开了一间生肉铺。因在族中行二，人们竟也称他二爷。

进财根本没想到李二爷会手起刀落，砍下一块肉，慷慨扔来。它敏捷跃起，叼起肉，狂喜不已，撒疯般跑去。

进财狗鼻子里哼出鄙夷：什么硬汉，见了我也不过如此。于是，吃完又回来打转。李二爷吼上一声，它笑笑，不肯去，再吼，它更仰了头笑，不肯去。

李二爷刹那间愤怒了，挥刀砍去，进财猝不及防，后腿嘎地应声而断。它连滚带爬吱呜地叫着逃出堡去，成了在城墙外转悠的流浪狗。

进财看到李二爷担着肉担子出城来是半个月后。二爷的右腿也有些跛，那是被保安队打的。

他打了崔二爷的狗时，崔二爷抽着烟袋，连汗毛也没动一下。他接连三次打了崔二爷的狗腿子，问他为何打人？

——我不赊账。

一帮狗腿子就将李二爷捆成肉团打，打完再问，依然那句：我不赊账。

直到最后，他仍是一句："我不赊账。"

进财狗心叹服：李二爷竟然没被打死，他是唯一一个到底也没改口的人，也是唯一直立着从保安队走出来的人。它远远地尾随着他，看他走村串寨。

"革命"这个词是它从李二爷常去的三里屯那间小屋的门缝里听到的。每一次李二爷从那里出来，都像是被重新注入了生机与活力，兴奋着，期待着，似乎哪天轰然一声就成了顶天立地的英雄。

李二爷的生活并没有发生变化，至少在进财的狗眼里，他反而稳重了，言辞也平和了。

进财发现从没见过的人在集市上跟二爷说几句话，便把担着的衣物交给他。他则担起衣物，一直向南，向南，一走就是一个月。当他再次出现在进财视野里，依然是个串乡的手艺人。

李二爷如此向南两次后，又担着他的担子向北走去。进财追上大虎岭，看着李二爷一直向西、向北，走没影了。雪花从天上飘下来，落在进财的狗鼻子上，它吓一跳，跑回城墙根儿的草窝子里。

大地回春，进财正倚着坡上一棵桃树睡在春阳里，忽然闻到一股馋人的羊膻味儿，夹杂一股熟悉的男人气息。一睁眼，是李二爷站在桃林边，正对着太阳无声地出着长气。在它的狗心眼里，李二爷血液中鼓荡的男人建功立业的激情，被深深压抑着。

周南驿小姐

扁担队在麦收时暴动了，接着解放的炮火轰塌了城墙，崔占魁带着保安队跑进五龙沟。

李二爷没有参加堡里的农会去斗地主、分田地，而是悄悄寻着崔占魁的脚印，追上了山。

李二爷做了崔占魁的警卫，换了行头，配了枪支，英气勃勃。

躲在暗处的进财摇摇狗头，觉得他像自己一样成了一只狗。

它看到他脸上有些兴奋，一瞬间，那兴奋就消失了。他把枪掂了掂，又无限失落地把枪轻轻地放回去。

进财发现李二爷真变成狗了，他总要像它那样，在撒尿时，往树上做记号。

进财看到李二爷跟在少爷崔家昌后面转，像当年自己追随少主人一样。他满狗心都是不屑：呸，狗东西！

李二爷似乎听到空气里的骂声，四下寻望着，眼神充满难以抑制的痛苦。

山里的物质越来越匮乏，那些被挟裹上山的土匪陆续逃下山去。李二爷却越发谦卑，恭顺，还不争气地跟土匪中最下层、最窝囊之辈厮混在一起。

深秋了，冷风袭人。崔二爷接到大哥与解放军作战阵亡的消息，留下李二爷作陪，喝酒解愁。二人都醉了，倒在一个坑上酣睡。第二天，崔家昌带着人叫醒了李二爷，他爹崔二爷却再也醒不过来，他醉死了。

进财总是远远守在李二爷窗外，思索着那些用狗脑瓜永远也想不明白的事。

崔家昌联合洛阳土匪，反攻怀吉堡，得到准确情报的县大队和正规军设下布袋阵。崔家昌发现中计，回头一枪，打死了李二爷。崔家昌在混战中被击毙，众匪投诚。

偶然有人提起李二爷，大家都说他当年在五龙山里很风光，是崔占魁的得力警卫。

多年后汝河暴涨，冲毁了埋崔占魁的小河岗。老得走不动的进财，匍匐前行，趁人不备叨起崔占魁的头骨。人们惊呼着：那颗头盖骨上竟钉着一颗中指长的洋铁钉——这才是他的真正死因。

而有机会做这事的，只有李二爷！

大　黄

她低调，是因为怕吵嚷引来人们的训斥。她很聪明，知道景区游客如织，人来人往，不需要她用吠叫警示人们不许走进禁地。她知道，如果自己引起人们的惊慌害怕，必然被厌恶，招来的就是再一次被遗弃。

大黄是一条母狗，一条漂亮的有狼狗血统的黄毛母狗。她很年轻，不足三岁。她很低调，悄无声息地或坐或卧在西泰山游客服务中心大门一侧，由于太安静了，人们往往忽略她的存在。

她低调，是因为怕吵嚷引来人们的训斥。她很聪明，知道景区游客如织，人来人往，不需要她用吠叫警示人们不许走进禁地。她知道，如果自己引起人们的惊慌害怕，必然被厌恶，招来的就是再一次被遗弃。

遗弃她的第一个主人，她已记不清他的样子。但她永远记得两年前，她在景区里徜徉，看什么都是新鲜的。等她饿了，才发现找不到主人了。她在景区流浪，无依无靠，不知该去向哪里。

第一个给她带食物的阿硕把一块肉骨头扔给她，她矜持地靠近，嗅了嗅，久违的肉香让她差一点流出口水。她抬起头，看阿硕的反应。阿硕没有大声呵斥，也没有捡起石块打她。确认安全后，她一口叼起肉骨头，跑到一个角落啃了起来。阿硕见她接受了好意，跟过来，把塑料袋里的一堆骨头全倒给她。她见他多天了，他观察她，她也观察他，他发现她是一条聪明又漂亮的母狗，她也发现他是一个善良可信的人。

大黄吃着骨头，愉快、感动得呜呜低吟，从此便认定阿硕为她的主人，跟随他的左右。阿硕在游客服务中心工作，住在情侣谷口的一号宾馆，中间隔着风情小镇，有五六华里的路程。每天，大黄一早跟着阿硕步行去工作地，天黑以后，阿硕步行回住处，大黄就跟他到住处，卧在他房间门口，两个单身的生命静静地相守着。

大黄很快不单身了，她怀孕了，刚刚开春，风情小镇的公狗嗅到她春情勃发的信息，都围在游服中心驱赶不散。哪一个是她孩子的父亲，阿硕竟没发现。

阿硕也不孤独了，他恋爱了，女孩洛阳市里工作。不能经常见面，网络成了维系他们感情的纽带，大黄是他们谈不厌的话题。大黄生下三个孩子时，阿硕的母亲来了，在游服中心开了一间精品屋。她的生活十分简朴，但却奢侈地给大黄买火腿肠补充营养。大黄和孩子们就不跟着阿硕跑来跑去，而是固定地守在精品屋前。

大黄在景区快乐地生活着，大家都把她和她的孩子当做景区的一分子。因为大家都对她好，她对所有来景区的人都友好和善。即使她的孩子被抱走两个，只剩下一只公狗，她也没有不开心过。大家给她的儿子取名二黄。二黄很快长得个头和大黄一般高了，跟在工程部的工人后面天天去工地，大黄管束不了长大的儿子了。

有一天，阿硕妈发现大黄趴在地上不动，叫她，只是抬头看看，喂她食物也不吃。上去拉她起来，她站一下，又倒下去，一条后腿搭拉着，上面的毛脱了一圈，像是从绳套里挣出来的。那段时间，游服中心前面格外清静，围着大黄打转的一帮公狗都不见了踪影。据说，是山下来了几个套狗的，喂了醮“麻”药的馒头给它们，一网全逮走，送到山下城里做狗肉火锅了。只有聪明的大黄逃脱了。

大黄一直不肯吃东西，连最喜欢的肉骨头也闻一闻就扭开头，她为失去同伴难过吗？她因腿伤厌食吗？她又怀孕了吗？大家都很心疼她，又束手无策。

大黄的腿一天天好起来，敢四肢着地走路了，跑起来时，伤腿还要翘着，三足跳动的样子可怜又可笑。她最喜欢跟着阿硕，阿硕开车到景区外办事的时间越来越多，她就跟着阿硕妈。

这天，阿硕妈带着大黄采蘑菇，走到没路的深谷里去了，一只拳头大的猴头长在树杈上，她攀着枯枝上去采，枯枝断了，她跌下去，一条手臂摔断了，人也昏迷过去。大黄围着她，发出呜呜哀鸣，把她叫醒。阿硕妈的腿也扭了，她艰难地走两步，又坐下了，想打电话，又没有带手机。

她轻轻叫着大黄："你去叫阿硕来，快去报信。"

大黄傻愣一阵，不肯走。等明白了她的意思，颠簸着跑回景区，四处寻找阿硕，阿硕正要开车下山去接一位重要客人，抱住她的脖子拍了拍，然后推她到一边，启动汽车。大黄追着汽车吠叫，拦在汽车前面。阿硕刹了车，幸好刚起步，速度不快。他疑惑地又拍拍大黄，让她去找妈妈。大黄咬着他的裤腿往前扯。他推开她，又发动车，径直开出景区大门。大黄从喉咙里发出哀鸣，她只有一个念头：拦住阿硕去救人。"嘭"的一声，汽车撞在一件重物上。阿硕下车看到大黄躺在车轮下，奄奄一息，他去叫母亲来帮忙救治，才发现母亲不见了，还有那只采蘑菇的篮子。

天已经全黑了，工作人员一拨帮他寻找母亲，一拨救治大黄。

阿硕妈找到了，送进医院。大黄永远闭上了眼睛。

从明朝穿越来的义犬

它在黄土官道上小跑着。突然，路两边的参天大树都不见了，路面变得坚硬无比。一只只庞大的怪物呼啸着从它身边掠过，怪物的肚皮节节透明，里面透出“吃”进去的人。

白狗伏下头，让主人将一只铁丝项圈挂在脖子上，项圈穿满铜钱，还有一封装在小竹管里的信件。它在王慎动知县的脚上又嗅了嗅，然后飞奔出城。冬日朝阳正照射在高大的东城门楼上，“经荥”两个金字熠熠生辉。

它跟随主人从河南伊阳城关镇来四川经荥知县任上，独立往返送信已经八次了。一年之中能八次看到慈祥的老夫人，还结交了沿途旅店的店主和伙计，它感到幸运极了。每次离店上路，它会低下头，示意他们从项圈取下相应的铜钱。店家不肯，它就扯着裤管不松口。

它在黄土官道上小跑着。突然，路两边的参天大树都不见了，路面变得坚硬无比。一只只庞大的怪物呼啸着从它身边掠过，怪物的肚皮节节透明，里面透出“吃”进去的人。

它惊慌地跳过栏杆，向着荒野跑去。在一座人来人往的怪城，它成了一条流浪狗。街道拐角处，有一个残疾人在向路人行乞，偶尔抬起头看到白狗，把半只夹肉的烧饼扔给它……当它醒来时，已经呆在一只笼子里，脖子里的铜钱没了，装信的竹管扔在笼边。同伴一只接一只地被拉去变成火锅里的美食，终于轮到它了。它拼尽全力咬了一口，挣脱出来，叨起竹管跑啊跑啊……定睛看时，它发现自己仍然跑在黄土官道上，项圈还在，冬阳正暖，它只是突然做了一个怪梦。

日夜兼程，白狗半夜来到伊阳城下，城门已关锁。白狗绕着城墙跑了一圈又一圈，累得心肺俱炸，它痛苦不已，腾跃起来，撞在城门上。

血从嘴里流出来，它渐渐闭上双眼，看到老夫人慈祥地笑着向它走来。

堕神崖

九天之上，瑶池侍卫的背影一晃，他已等无可等了。媚娘追了上去，这一次她没有延误。

转生潭中，池水波纹微起，水下，一方人间景观。一户人家喜诞龙凤胎，两儿相拥相抱，啼哭正欢。

李治看着父皇身后的媚娘，神色瞬息万变，最终还是平静如常。多日不见，她更加灵秀出尘了。

一丈之外的媚娘，依旧保持着娴静的姿态，只是那一瞬，清淡如水的脸庞上，闪过不易察觉的波澜。

一入深宫里，无由得见春。媚娘立于月下，蔷薇的花影洒在她身上，石榴裙飘飘扬扬。

风之使者，如期而至，他说：要变天了？跟我去寻一个避风雨的小屋吧。

媚娘凛然道：如果我站在了风口，就让我去领受风雨吧。

风使无耐地摇头，他尝到自己口中涩涩的，又甜又苦的味道。

李世民在昏黄的灯影里又看到那条灵异的白狐敏捷地闪过。定睛看时，素装的媚娘站在面前，微移莲步，衣袂下一角榴花的红艳。

“你爱过我吗？”君王的眼里闪出深深的乞求。

媚娘惊慌地望着他，敬而畏之。在没有见到李治的时候，她爱君土。一种对英雄的慑服感，那也应是真爱吧。媚娘依稀记得，李世民正是天宫里的托塔天王，威仪八面，只可仰慕，无法企及。

而李治是实实在在的，一个温和顺服的伙伴。在他的面前，没有拘束，没有礼仪，似乎前世天宫，他为瑶池侍卫。那一日，白狐女侍在按天星宫痴望瑶池，对瑶池侍卫怦然心动，失手打碎玉镜。转生潭中白狐与瑶池侍卫双双被贬下凡。

风使沿着白狐的痕迹来到人间，看到她十八年前降生于武家，取名媚娘。

——媚娘对着君王点头。

——“既然爱我，就到寺里修行吧。咱们天上再会。”

媚娘说：“人世很好，我不想天宫。”

但是晚了，她被送进感业寺，剃度为尼。她来不及和李治道一声别。

风使在她身边徘徊：“你后悔了吗？”

无发的媚娘一脸妖媚如狐：“我一定会回到他的身边。”她本来就是一只白色的小狐。一只不守天宫清规，动了凡心的心月狐。

风使说，我会帮你带信给他。

李治的宫庭，整饰一新，王皇后与萧淑妃左右陪伴着他。

但年轻君王的心里有一种隐隐的缺憾。那天，太阳正暖，风突然而至，吹起的纤尘落入李治眼中，泪流出来，他猛然想起先父病榻前，那双柔若无骨的玉手，轻轻滑过脸颊的一瞬：“竟然忘了她，不，永远不能够。”一起跳下转生潭时，他们就甘苦与共了。

李治像所有来自天宫的真命天子一样，有着过人的慧眼和胆识。

他移驾感业寺，请求媚娘进宫。二人一起设计废王立武，铲除了一批后党元老、重臣集团，把权力收到皇帝手中。

李治突发风疾的时候，他们的太子李弘刚刚八岁，无法管理国家，李治不把辅佐政治的权力交给自己最心爱的人，太子的生母媚娘，更能交予谁？

媚娘强忍锥心之痛与误解，替李治操持着政务。她知道一旦她撒手不管，必然让李氏天下大乱，生灵涂炭。

李治时时听到天宫的招唤，他头痛欲裂。但是，他希望多伴媚娘一时，给她生存的力量。他向天后告别：“我先回去了。”

在生命的最后一刻，他还不忘给媚娘一份权力，在遗诏中说：“军国大事有不决者，兼取天后进止”。

风使伴在媚娘身边：“咱们也回去吧，人间的事，让凡人自处吧。”

媚娘的脸上只有无边落寞。她已回不去了。惨烈的决战，无声的斗争，生死交关的时刻，站在核心位置，握着生杀与夺得大权，高高在上，比万年的永生更寂寞。

她害怕寂寞，那种比李治头痛更让人苦不堪言的折磨。

李治在时，她从来没有这种感觉，哪怕守在他的病榻边，也很踏实。

她是一代帝王，她需要一群男人，满足她对皇帝奢侈生活的定位和追求，她需要利用内廷私人势力制衡外廷权臣，更需要有灵药在漫漫长夜来医治寂寞。

媚娘的真爱早随李治去了。更深人定时，她长泣当诗：看朱成碧思纷纷，憔悴支离只为君。不信比来长下泪，开箱验取石榴裙。

那石榴裙便是她初入宫帏，蔷薇架下私会李治时穿过的。

媚娘在人间坚持到最后一刻。

九天之上，瑶池侍卫的背影一晃，他已等无可等了。媚娘追了上去，这一次她没有延误。

转生潭中，池水波纹微起，水下，一方人间景观。一户人家喜诞龙凤胎，两儿相拥相抱，啼哭正欢。

媚娘再次堕为红颜，历经又一场磨炼。如若清算前尘，是非成败，得失荣辱，终是烟云，空余乾梁山上无字石碑！

周南驿小姐

马妈妈的泪

景区在旅游旺季的时候，一天下来，主人衣袋沉甸甸的。夕阳落山，暮色中，主人牵着黑骏马，小马驹跟在后面收工回村中的家园。小马驹很累，但跟妈妈在一起，他愉快极了。他像一只小狗似的，猛往前跑十来米，突然一个急刹车，又迅速折回来，围着妈妈又亲又蹦。

黑骏马第三次做妈妈了。她不顾疲惫和疼痛，仔细地舔净小马驹身上的血迹，顶着他的屁股，帮助他摇摇晃晃地站起来。

对小三子，黑骏马喜爱极了，多想看他健康地长成一匹高头大马，跟她并驾齐驱。她的大女儿和二儿子都在满月不久就被人拉走了，她的思念只能隐忍在埋头拉车流淌的汗水里。

一转眼，黑骏马产子已经足月了，小马驹一天一个样已经能够围着她欢蹦乱跳。主人带着她到风景区去陪人拍照时，小马驹也寸步不离地傍着妈妈。任何动物在刚长齐毛的幼年都是萌化人心的可爱，小马驹的上镜率几度超过潇洒俊朗的母亲。

景区在旅游旺季的时候，一天下来，主人衣袋沉甸甸的。夕阳落山，暮色中，主人牵着黑骏马，小马驹跟在后面收工回村中的家园。

小马驹很累，但跟妈妈在一起，他愉快极了。他像一只小狗似的，猛往前跑十来米，突然一个急刹车，又迅速折回来，围着妈妈又亲又蹦。

离村不远是一个十字路口，路口斜向左下方有一条土路一直延伸到大河滩，河滩上每隔不远就有一个选沙厂，挖沙机在河道上来回穿梭，咕咙咕咙地轰鸣着。水流越来越瘦，河床越来越宽。宽面干的河床上被挖出一个个大坑，一下雨，绿褐色的水积满水坑，不时有村中儿童下坑洗澡淹死或者村人不小心掉进去丧生。

一车车的沙料从河滩运出来，从土路上马路的一段是一个慢上坡，车速都很慢。而这天傍晚，拉沙的东风车司机张胜连着开了几天车，感觉又累又渴，中午也没歇午觉，一点也提不起精神，就把车里剩的一瓶啤酒猛灌下去，提起精神，开车上路了。没想到空腹喝啤酒也瞬间面热头晕，车速一下子就提上去了，没觉悟到已经上了马路口。

一个黑影在车前一闪，张胜下意识地踩刹车打方向盘，依然听到“咣咚”一声，车重重地撞上一个物体的声音。晕晕乎乎的张胜下车一看，傻眼了，一只小马驹被撞出去十来米远，倒在血泊中。一个老汉和一匹黑骏马赶上去。老汉一看，小马驹没了命，就大哭大叫起来。黑骏马围着小马驹打转，仰天咴咴地叫几声，再用脑袋不时的顶着马驹的身体。

老汉回过头拉住张胜的胳膊争吵不休。接到报警赶来的交警们忙拉开两人，张胜说：“我姓张，是货车司机，我拉着这车石子要往工地送，走到这段公路时，他的小马驹猛然蹿到我的车前，我赶紧打方向盘、踩刹车，可还是撞上了。”司机说完后，摊开双手，示意自己没有错。老汉见到司机这样说，急了，指着不远处死去了的小马驹的尸体说：“我姓王，今天我牵着母马和小马驹从景区回来，没想到刚到公路边，我这命根子似的小马驹就被这货车撞死了，不怨他怨谁。”说完，王老汉抬起手抹眼泪。

两人各有说法，交警听完两人的诉说后，又闻到货车司机张胜的酒味，就扣了张胜“本本”，让他到交警队另行处理。又对王老汉规劝，使两人达成协议，张胜依照市场价钱赔付了王老汉小马驹钱。

王老汉拿着赔款，想想也满划算，便心情愉快，拉住黑骏马，轻轻吆喝一声：“回家。”

黑骏马站在小马驹旁边就是不动，老汉费了好大劲才拉动她。黑骏马三步一回头，马勒口深深勒进马嘴，都磨出血了。王老汉看到老马的眼眶都湿润了，一双大眼在过路车的灯光里亮晶晶的，眼泪慢慢地流了出来。心也一下子揪紧了，决定把马驹的尸体运回去。

交警和张胜看到这情景，鼻子也酸酸的。交警帮老汉拦了辆小三轮，让老汉把小马驹的尸体搬上去。

小三轮突突奔驰在回村的路上，黑骏马奋开四蹄追赶着。村后的小树林里起了一个小坟包，黑骏马围着坟包逡巡着，眼中含泪，良久不去！

小邻居

后半夜的一阵暴雨之后，清晨分外凉爽，空气也清新、湿润。我睡得正酣，忽然一阵叽叽喳喳的麻雀声把我吵醒了。奇怪，虽然我还想再睡一会，可我丝毫没有埋怨这可爱的小精灵，相反，却被它们勾起了我久远的回忆……

后半夜的一阵暴雨之后，清晨分外凉爽，空气也清新、湿润。我睡得正酣，忽然一阵叽叽喳喳的麻雀声把我吵醒了。奇怪，虽然我还想再睡一会，可我丝毫没有埋怨这可爱的小精灵，相反，却被它们勾起了我久远的回忆……

那大概是十年前的事了。记得是2007年前后，当时我住在一座临路的四层旧楼的顶楼，房子很旧了，卧室有一个朝南的大窗子。窗子下面是空调主机，就在空调管道孔的凹槽里，有一天突然来了两只口含枯草的“不速之客”——麻雀，原来它们在搭窝。我惊叹它们的勤劳：麻雀夫妻二人，起早贪黑，分工作业，你来我往。很快，精细与舒服的小窝就搭成了。接下来的日子就是这两只麻雀不断地生子、孵蛋、养子，日子过得和和美美。我也陪伴着它们，见证着它们全家的幸福生活和雀宝宝们快乐成长的过程。

刚开始搭窝的两三天，它们看见我在好奇地观察它们，每次都“呼”的一下飞走了。不一会儿，它们又慢慢盘旋迂回，它们策略很像黔驴技穷中的老虎，它们真的很聪明。在观察并判断我有没有暴力行为而且很友善之后，就肆无忌惮地大干其“土木”工程了。大概十天左右，窝就搭成了。接下来的日子是母麻雀安静庄重地下了几枚蛋。在它孵蛋时，我惊讶地发现麻雀丈夫在为妻子喂食物，当时我感慨什么叫“相濡以沫”，感人至深！大概两个月左右，小麻雀在这温馨的小屋里诞生了。白天，它们总叽叽喳喳，还真是挺吵的，但我从来没想过把它们赶走，我们相处得很和谐，它们已经是我家的亲密邻居了。只要在家，我一有空就站在窗台“偷窥”一下我这邻家那喧闹而充满温情的生活。

雀宝宝孵出之后，我看到的是它们更加忙碌觅食的身影，起早贪黑，不辞辛苦。我总担心雀宝宝们吃不饱。只要不出差，每天晚上，我都抓些小米放在空调主机上，第二天一早，我总会看到麻雀妈妈在喂孩子吃米粒，我欣喜不已。接下来的每天清晨，麻雀父母会准时来窗台报到，它们交头接耳，嬉闹非凡，好像在等待着我的出现。说准时，也不太确切，天冷的时候，会迟些。麻雀好像带着闹钟，或者说麻雀的身体就是一口闹钟，它能十分清晰地听见了来自大自然深处的律动。只要它们一醒来，就到窗台催我起床。有时我回家晚了，忘记在窗台放米，第二天凌晨，它们会像一个远方的来客，小心翼翼地用脚爪有节奏地敲打窗台玻璃，或用它的喙轻轻地叩击窗棂。它的敲打和叩击，每一声，都像是落上我的心上，有些无法挠抓的轻痒，于是，我醒了，赶紧起来投放食物，完成我的“规定动作”。

在我们相处熟悉之后，它们经常在窗台上载歌载舞，互相嬉闹。它们把窗台当成了舞台，把玻璃当作了梳妆镜。有时它们互为对方梳洗羽毛，你看那嫩黄的喙子像梳子一样在温柔地亲吻、追逐。有时我打开窗子，它们还会飞进屋视察一番，一点都不怕人。有时看到刚出生不久的毛茸茸的小可爱们，我真想将它们拿到手里玩一会，可又担心吓着它们，心情很矛盾。不知你们信不信，时间长了，我仿佛从这些小家伙们温柔的眼神、友善的叫声中感受到它们也知道人类的人情世故。

说来也怪，就在我住的老房子拆除之前的一段时间，它们突然倾巢搬迁，好像知道即将要发生的一切。十年过去了，我一直在想念它们，惦念它们过的还好吗……

养猫，很疼

猫是让人宠爱的动物，宠溺又限制它的自由。圈养时间一长，猫的生存能力受限，又对自由世界充满向往，一有机会，便离开家园。独自闯荡，它会遭遇到什么呢？

猫是一种萌化人心的动物，咪咪喵喵地冲着你撒娇，用圆圆的脑袋往你手上蹭，让你如何不宠爱它。

养猫，很疼。相处时欢乐趣味良多，却无一例外要中场分离，离别的痛让人难以承受。

去年九月，儿子和女友在网上看到一则小猫招领启事，洛阳一个开打印店的女孩收留了一只流浪猫，因家中还有一只小狗，便将小猫转让。小猫属中华黄花狸，也就是纯种的中国猫。

两个孩子爱心大发，买了一只猫笼包，将这只小丑猫接了回来。取名逗逗。

瘦得脱了形的逗逗，多次误粘到粘鼠板上，鼻子和身上有黑胶，还有露皮，一点都不好看。但是我们都格外怜爱它，将它当作名贵的宠物猫来喂养，为它买一切宠物猫用品。还为它买来一只叫“猫别墅”的大铁笼子，让它在里面玩耍休息。直到它长成一只漂亮的大猫，我们都以为它是一位小美女。直到有一天午后，我在小床上看书，猫逗逗依偎着我舔毛，突然发现它竟然是一只公猫，一个小帅哥。

我和儿子跟它的感情越来越深，儿子女友对它越来越害怕。她是天生怕猫狗这类东西的，天生的胆小，无法改变。我们无论如何都不会遗弃猫逗逗，甚至不舍得送人。但是让可爱的准儿媳担惊受怕心中郁闷，更非我们所愿。

我们一家都喜爱她，也心疼猫。春节前便开始在将猫送人与留养中纠结着，这样的矛盾与压力中，我呵护着猫逗逗，也关爱着准儿媳。

逗逗丢了。七月二十日一早，它从门口溜出去，我以为会像前两次那样到晚上或隔两天又找到，反反复复地在二十六层楼道、楼顶找，都没找到，地下室也找了一遍，找不见。以为是有人家收留了它，便希望人家对它好，它早早忘了我们，好快快乐乐度过剩下的猫生。

猫逗逗从七月二十日走丢，到今天早上整整十二天。有过一段近四十度的桑拿天，也有过两场大暴雨。它究竟在哪里怎样过的呢？这一直是我的心中块垒。

早上老公在地下室打电话，它听到后，又大声叫，趴在那儿不动。儿子把它抱回家，喂火腿肠和水，它不吃也不喝。我中午下班专程去买了猫粮和原奶。一开门，它趴在笼里垫子上，看到我便冲我喵喵叫，打开笼子，抱它入怀。喂猫粮和奶都不理。

我抱着它坐凳子上，它亲昵地依偎着我，享受着抚摩。一会儿，跳下地，在房间里四处转，把以前常待的地方都看了看，躺到窗帘遮蔽的角落。我调了温水给它洗澡，它一反平时的害怕和反抗，很惬意地享受，回过头亲我，还乖乖地让我一只手换了水，再洗一次。它跳到地上，没有像平时那样抖搂身子，而是乖乖地让我用毛巾擦干。我把它放到垫子上，细心地为它理毛，它很安静，乖乖地任我摆布。我看到它已半干，去卫生间洗毛巾。它在垫子上尿了巴掌大一片儿，血红。我的心中一凉，忍着不祥预感，忙洗了垫子，将它抱出来喂水，希望是它流浪多日渴极的缘故。它舔了舔水，咬着牙死活不肯吃猫粮。便由着它待在屋里，等缓过劲自己去吃。

我躺到书房小床上，它来到床边，像往常一样，一跃，就上了床，我抚慰它躺下，它却不肯躺，一跳越过我，到另一侧，它坐过的地方留下几点水印和血迹。我忙用一只臂圈住它，一手轻轻为它理毛抚慰，它没有像往常发出惬意的咕噜声，依偎着我卧下，而是半坐着，像在拼尽力量支撑。这时已经近三点，我忙着起床去上班，它跳下床躲到书桌的角落。老公将火腿肠揉碎给它，它也不理。五点多时，我突然心里不安，发空，特别想念猫逗逗，惦念它不知会怎样，有一种不祥的预感。六点半一下班，我便不顾别人都在加班，匆匆往家奔。

我的不安越来越重。

等我打开门，叫"逗逗"，没有应声，我便知预感成真。满屋找寻，发现它头朝里躺在柜式空调后，一双大眼盯着门口，期盼着主人从门外进来。我轻轻叫着："逗逗，出来吧，妈妈回来了。"它一动也不动。我把手放到它后腿上，冰凉凉的，我就哭了，狠心把它拖出来，摇晃抚摸，希望能将它唤醒。它两只前肢湿漉漉，喝的水都吐了出来。就是不动。摸到肚子还是软和的，我哭着呼唤了一阵，又用手去抚摸，像以前那样为它抓痒。似乎听到它发出一阵惬意的咕噜声，我忙惊喜地叫着"逗逗"，抱起它的头，轻摇轻唤，可它那样静静地，真的去了。远处一阵咕噜咕噜的摩托声，越来越远。

我哭着为它合上双眼，洗净前肢，擦了身体。放在干净的垫子上，用白色的生宣纸覆盖。找来正好装下它的一只纸箱，将今天为它买来的食品都放进去。准备明天到城外，找一块地方，让它入土为安。

我的猫逗逗，你究竟是为了自由自己跑出去不愿回来了；还是不认字不识数，在整齐划一的单元里找不到家了；还是误闯入清晨开门的哪一家，被收留了？

第四辑　尘世缘

茫茫人海，碌碌红尘，今生的擦肩而过，也许尽是前生一千次的回眸。无论爱情还是亲情，成也细节，败也细节……

雨霖铃

李曼把那袭白裙抖开，棉加南韩丝的料子又柔又垂，又不起皱。从左肩起斜到右脚踝一串同色同料的布艺玫瑰，雅致极了。但李曼却几乎没机会穿着它给别人看，从买回家的时候起，两次了，她抖开这条裙子，准备第二天穿时，第二天就下起雨来。

李曼把那袭白裙抖开，棉加南韩丝的料子又柔又垂，又不起皱。从左肩起斜到右脚踝一串同色同料的布艺玫瑰，雅致极了。但李曼却几乎没机会穿着它给别人看，从买回家的时候起，两次了，她抖开这条裙子，准备第二天穿时，第二天就下起雨来。

这次，她把这条裙子放进旅行箱，准备带着它参加笔会，第二天，果然下起小雨，一下就没完，半夜加半天的行程，一直是水淋淋的。这会儿在宾馆吃过晚饭，骤雨初歇。她独自对着镜子，穿上白裙，把长发理顺，镜子里的她冲着自己满意地微笑。同屋的女孩子是本市的，吃过晚饭就出门去了。其他已报到的文友，李曼尽管都读过他们的作品，有几个也有网络交流，却不能算熟人，更谈不上是朋友。

李曼走出房间，站到走廊尽头的窗口，昏黄的路灯光从外面照进来，给她画了一道剪影。据说逆光看美人最美。海子就是在这最美的时刻，走出电梯，偶然一抬头，看见了李曼。他有些目眩的感觉。李曼回过头来，准确地叫出了他的名字："海子。"

"你，你……认识我？"海子很意外。

"你是大名鼎鼎的'美女'作家呀。你的笔已经塑造了一百八十位各个不同、形象生动的女人。"李曼大方地笑了，笑得风情万种。

海子预测这是个可以给自己一个浪漫之夜的女子，他不假思索地说："请你跟我一起去赴夜宴吧？"

"在哪儿？"

"跟我走就行了。"

海子带着李曼出了宾馆，打的向城市的对角线奔去。天刚刚热，中原商城的烧烤大排档生意就兴隆起来，人们坐在烟熏火燎中，一扎一扎灌着啤酒。

夜宴的主家是一间妇女杂志的编辑，两男两女。那个仪态大方，戴副眼镜的女孩青青是主任。编发过海子不少文章。海子给李曼介绍说青青是他的老乡。那个年龄稍小瘦弱而声音很高的女编"白猫"撇着嘴说："你千万别信他的，他说的老乡，就是同住地球村那个老乡，逮谁跟谁套瓷。”

受了两个年轻活泼编辑的感染，李曼也调侃海子：“这样呀，咱们也是老乡了。”人们都调侃他们他乡遇同乡，得蹾一大杯。李曼便大大方方地与海子蹾了酒，一仰脖一饮而尽，李曼喝酒总是后发制人，一开始，羞答答推三推四不肯喝，等到座中人都有了朦胧醉意，言语顺意起来，她似乎一下子被某句话点燃，由半推半就，到大开大合。这样，座中人十有八九醉了，她还能保留最后一点点清醒。

今晚也是。夜往深里走，人往醉里行。女编辑主任青青话特别多，指着海子说：“今晚有美女相伴，就矜持起来了。忘了那次五省笔会，你带着三位美女上了荒岛，岛离边境线很近，巡逻的发现你们，呼拉一下围上去，喝问：‘什么人？’美女都吓坏了，海子无奈地站起来说：‘是我’。”

旁边的男编辑也叹息说那是多么快乐的笔会，当时杂志社都很红火，经济效益好，办起笔会来也大方。这才几年时间，竟然没落到办不起笔会来。

海子望了眼李曼，腼腆地笑着。显示着他的善良，还有一份弱势。李曼感受得到他的底气不足，心中不免发些恻隐：文学不景气，稿费很低，像他这种职业撰稿人，写得很不错，一个月的收入也不过三两千，家中的收入全靠开小超市的老婆。善良、腼腆可以是他的本性，但底气不足，就是多年来他在家中的经济地位，以及在外的社会地位映射的。

此刻，海子畅销作家的光环一下子失去了。他站起来，摇摇晃晃到不远处的公厕去，绕过一大摊水时，他竟然脚下不听使唤，着实地摔了下去。李曼想站起来扶他，又怕那几个编辑误会她与海子的关系，狠心看着男编辑站起来扶起他。

天上零星掉起豆大的雨点来。

李曼看海子坐回来后，站起来去厕所。当她出来时，看到海子站在厕所门外，惊叫了一声：“你做什么？”边说边迅速绕开他坐回到摊上。众人哄笑说海子当了护花使者。海子也只是醉意朦胧地笑。

李曼发现事情严重起来。海子可能误会了自己，或者自己真的不该单独和他出来喝酒，给他暇想，给别人误会。

雨点开始密集，打在摊主刚搭起的棚上哗哗的声音很大。

李曼站起来，坚定地说：“谢谢各位盛情款待。海子，该回了，再晚的话，影响明天的笔会。”

他们上了出租车，海了在副驾座，李曼一个人坐在后面。海子唱了一首李曼家乡的歌，李曼说：“为了谢谢你今晚的酒，我也唱一首你家乡的歌。”

一轮一首地唱着，笔会下榻地就到了。海子不让停车，他说：“我们找个唱歌的地方吧。”

李曼坚定地说：“停下吧，你喝醉了。”李曼把车费付给司机，海子追上来，问清钱数，又把钱如数给了李曼。李曼径直地向住处走去，到了房间，打开门，对海子说：“回去好好休息吧，晚安。”然后关上了门。

她看到海子的脸在门缝中闪过，喃喃地说：“你看不起人。”

李曼躺到床上时，窗外雨声很大，带着酒意，竟一夜酣睡无梦。

周南驿小姐

亲情的细节

阿香抓住孩子皴裂的小手，在那一刻，感动到泪盈。孩子认定她就是自己的亲妈！

阿香在儿子十岁时，又得一个女儿，小丫头越长越乖巧可爱，是他们夫妇优点的综合。当着孩子的面这样说时，他们一脸幸福："那当然了。"

一次同学聚会，大家又夸她女儿，阿香郑重地说："纯后天的，与基因无关。不过，有关细节呢。"

她告诉我们，这孩子是她婆婆在野外捡的弃婴。当时还未满月，像只小老鼠，黑不溜的，额头格外高。婆婆可怜她，就抱回家养着，当孙女儿。阿香工作忙，从未准备要二胎。勉强去看了，当然不喜欢。但心生悲悯，就认了，也不挂心，只每月送奶粉过去，从未接她回过城里的家。

渐渐地，孩子开始学走路、学说话。

那是冬天，阿香开车回村送奶粉。婆婆抱着孩子正在村口晒太阳，让孩子蹒跚走过去叫妈妈。孩子走到车头，看到地上一枚五角硬币，就捡了起来。孩子并不把钱给身边的奶奶，却是绕过车身，举着小手交给正在后备箱取奶粉的阿香。奶奶跟过来，故意说："来，给奶奶。"孩子不给，还是使劲地伸长手，要交给阿香。阿香抓住孩子皴裂的小手，在那一刻，感动到泪盈。孩子认定她就是自己的亲妈！

阿香把奶粉又放回车里，抱起孩子说："跟妈妈回家吧。"孩子便依偎在她怀里开心笑起来，没有一点生疏与嫌隙。

阿香将孩子放到车里，打开车门坐进去，婆婆背转身，用衣袖沾着眼角。阿香一下子感受到婆婆对孩子的眷恋，还有婆婆无数个日夜在孩子小心灵里苦心种下的观念。她叫了一声"妈"，婆婆没听到。阿香下车拉住她："妈，跟我们一起回去吧。"

假　面

她痛苦地发现，一天天，那美丽的颜色在不知不觉中递减消散。于是，消散一分，她就用脂粉加倍补上。她的脸一年比一年白，唇一年比一年红，底妆渐渐像豫剧戏妆一样厚，真实的面孔隐藏在一张假面下……

素青用毛巾擦去镜上的水汽，仔细端详自己，叹口气。原来紧紧实实、纤纤一握的腰肢，现在松松的两把有余，摸到后腰，一大把软肉，和摸到前胸感觉一样了。素青又叹一口气："岁月是把杀猪刀。"

"那谁是猪呢？"素青吃一惊，回头看到雪婵，瘦骨伶仃地站着，用毛巾擦着头发上的水。在这种集餐饮、洗浴一体的中档休闲中心洗澡，碰到熟人是常事。

“你这腰，跟妙龄少女似的。你怎么也胖不起来呢？”素青由衷地羡慕。

雪婵找到优势，矫情起来：“我也没法，我从来不减肥。也从来不化妆。”

素青笑了：“你应该捯饬一下，祛祛斑，打上粉底霜，化个淡妆。”

雪婵不以为然：“不都说男人喜欢不化妆的女人吗？”

“男人喜欢的是不化妆也漂亮的女人，不漂亮，又不捯饬，不是讨人嫌吗？”

雪婵望着素青的脸，不服气：“如果妆化“过”了，像一张唱戏的假脸，也不好看。”

素青自信地说:“我习惯了化妆，如果不化妆，就出不了门，不像某人心情特沮丧，什么事也做不好，像男人犯了烟瘾一样。”

雪婵想说什么，张了张口，没有说出来。

她们同岁又同乡，都嫁给在新疆部队当兵的老公，随军。几年后都随着转业的老公安置了工作，在“供销社”做人人羡慕的售货员。后来，“供销社”转包给个人，雪婵承包了服装柜台，素青赶了个鲜，低价租下“供销社”的一间门面，开起第一家扎啤店。再后来，供销社改建成大酒店，雪婵组合进去，做管理员。素青的啤酒店红火过后，她又赶上另一项最热门的生意：销酒。

素青的丈夫是一名警官，做文字工作，高高帅帅的戴副眼镜。当初相亲，他看到她在河边洗衣服，天热出汗，她撩起水来洗脸，清水出芙蓉，美如画中人。部队上的那场集体婚礼，她把所有新娘都比下去了，就连几里地外的“巴朗子”都赶来看河南美女。素青听了丈夫的话，就去看镜中的素颜，她痛苦地发现，一天天，那美丽的颜色在不知不觉中递减消散。于是，消散一分，她就用脂粉加倍补上。她的脸一年比一年白，唇一年比一年红，底妆渐渐像豫剧戏妆一样厚，真实的面孔隐藏在一张假面下，她只是想永远保持那段光彩，丈夫理解，所以从不制止她。

按说，素青和雪婵互相见证了对方的青春美好，又有相似的经历，应该非常亲密，可是，她们却总是小心地保持着适当的距离。

二人取了自助餐，面对面坐下，慢慢吃饭，互相问近况。

雪婵想说宾馆工资低，她一到五十就退休了，大女儿在北京买房需要钱，儿子正上大学，生活费也是一笔不小的开支，靠两个人的死工资，根本不行。她到北京给闺女伺候月子，完了就成了月嫂。照顾月子可不是容易事，累、操心、责任大。但她一张口却夸起外孙女的乖巧伶俐。她说自己现在在一家在公司做主管，操心，累。

素青想说当年卖酒是赚了不少钱，后来酒业整治，小厂酒刷总厂标签被抓，罚了一场后，她洗手不干，跟着一帮南方人开起服装厂，却被骗走资金赔得血本无归。她为了还欠债，卖了宅院，在郊外租下一处地皮，办起养猪场。她每天一早起来，总是先洗脸，化妆，打扮得唱豫剧似地从街上走过。中午下班时间，她又洗干净，化好妆。优雅地走过大街。

她却把到嘴边的话和着饭粒一起咽下去，伸出手，让雪婵看腕上戴着的翡翠手镯，讲着鉴赏常识，夸耀实力和见识。

吃完饭，雪婵低调地收拾齐东西，说："我先走一步。"

素青漱了口，又补了妆。她有些累了，渴望像雪婵那样过着优雅的白领生活，休闲时带带孙辈，但她必须买好猪饲料，送到养殖场。她就是这样的个性，自己惹下的亏空，无论吃多少苦，一定要自己补上。

雪婵正躲在大堂门后打电话："哎哎，少了一万二不行，这是北京月嫂的行情，我做的多，经验丰富，还专门上网学习，和国际接轨……"雪婵抬头看到素青，愣了愣："公司来电话请示工作，我真是一步也离不开，明天就回北京。"

素青笑了一下，走上来握住雪婵的手，使劲摇摇，一种温暖和默契就在两个人之间流通了。

来到街上，阳光照着两张脸，她们都看到对方眼角无处逃遁的细纹，静默了一会儿，同时说："其实，我……"她们又同时转了口："再次见时，好好聊聊！"

我爱北京天安门

眯起双眼，丙午仿佛看到十几年前那个秋天的傍晚，柳条儿似的柳儿提着行囊，从夕阳中向他走来。他正和几个年轻老师在校园一角甩扑克，一抬头看见了柳儿被夕阳染成金色的头

发和纤巧的腰身。就有一种气场笼罩了丙午，他呆怔了，忘了手上的牌。

丙午站在天安门广场。夕阳照着飘动的五星红旗，照着天安门城楼，照着广场上的每一个人，也照着丙午。

肃立了一会儿，他用手指抹干湿润的眼睛，掏出口袋中揉皱的名片看了看，上面写着柳儿的地址，那是一个外事部门，柳儿在那里做翻译。

去，还是不去呢？丙午出门时就踌躇，已经近在咫尺，依然踌躇。

眯起双眼，丙午仿佛看到十几年前那个秋天的傍晚，柳条儿似的柳儿提着行囊，从夕阳中向他走来。他正和几个年轻老师在校园一角甩扑克，一抬头看见了柳儿被夕阳染成金色的头发和纤巧的腰身。就有一种气场笼罩了丙午，他呆怔了，忘了手上的牌。

丙午坚决地说："这一个归我了。"

十七岁从山里考上中专，一出校门就受到一个年长三岁的青年追求，把她像公主一样捧着，柳儿有些惊惶，也挺幸福。丙午个子不高，眼睛不大，还看得顺眼。这关系就拉扯下来。

柳儿觉得日子过得挺快活，却又少些什么。

刚开始她陪着丙午和一帮男老师打牌、喝酒，前山后山逮鱼抓知了。后来，就不陪了，她独自在房间里看书。一年后，她考上教育学院大专班，脱产学习。丙午说："把关系定下来吧，我怕你出门学习，就飞了。"

周南驿小姐

柳儿点了头，丙午是她的依靠，她愿意。

重回县城教书时，柳儿对什么都不习惯了。她决定考研，那是她进入新天地的唯一办法。丙午拿出未婚夫架子：“学习什么呀，识俩字，能工作就行了。不一样睡觉、生孩子、过日子吗？”

柳儿呆了脸一声不吭。良久，嘤嘤啜泣：“你把我选择的机会剥夺了。咱们退婚吧。”

丙午就喝酒，喝醉了，来柳儿屋门前哭闹。谁也劝不住。

柳儿冷着脸，从雪地拉起他：“你给我三年时间，若考不上，我就死心踏地跟你结婚，考上了，你就放我走。否则，我也没活头了。”

丙午答应了，他暗笑：柳儿呀柳儿，你还能跑出我的手心。他依然教着他的熟课，闲下来跟男老师打牌，到校外喝酒，等着柳儿再次落榜，和他结婚。

年年考，年年差两三分。柳儿年年哭一场，咬咬牙，较上劲儿再考。第三年出了考场，柳儿已经泄气了，丙午选好日子，拉回新家具，准备婚礼。分数下来了，柳儿看了一遍又一遍后，就疯一般地跑到电话亭：“我考上了，我要走了。”

那段时间，丙午一直请假陪在柳儿身边，掉了魂般地呆望着她收拾行装。柳儿说：“把咱们的事了结一下吧。我走后，你也可以重新开始新生活。”

柳儿走了，丙午娶了印刷厂女工梅儿。一晃五年，儿子都会到处跑了。

印刷厂倒闭，梅儿下岗，到处打工，趁空又生下一个儿子，一晃又是四五年。

丙午依然打牌，喝酒，教课，日子像水一样平静流过。

那天，听说柳儿从北京回来了，她已是首都一个重要部门的翻译。小城的领导开车接到高速路口，迎到豪华酒店。

那天，丙午在街上走，一辆小车停到他旁边，柳儿隔着车窗，递给他一张名片，说有困难，就找她。

乡里乡亲有事儿，进京找柳儿，都解决了。政府有事找到柳儿，也解决了。

柳儿成了县里的风云人物。

从此，同事见了丙午便开玩笑："柳儿给了你多少钱？"

"让柳儿说句话，你就当校长了。""

"让柳儿说说，给梅儿安排个工作。"

丙午总是笑，不否认也不承认。

一天，梅儿把在街上听到的话问丙午，丙午闷闷地喝了点酒，脸扭向床里，再也不理她。

学校优化组合时，丙午因整天打牌醉酒，被组合掉了。

梅儿找出他揉皱扔在屉角的名片，塞他手里说："去北京找找柳儿吧，让她说句话。对你，对我都有好处。"

丙午为难地看看梅儿，看到她抓到救命稻草似的，眼中闪着期待，他点了点头。

可是，站在天安门广场，他终于知道柳儿为什么坚持要离开他。因为外面的天好大呀！

丙午在"老乡"引领下，找到一个小旅店，店里住着一帮在北京找生活的人，大家有智用智，无智出力，都凭着一双手努力往前奔。丙午愧疚：自己一样有一双手，却把工作都混没了。心里翻腾着，想了一夜。

第二天一早起来洗脸，把那张揉皱的名片撕碎扔进了马桶，结账上路。车经过天安门广场，五星红旗已升起来。丙午在心里默念："再见吧，柳儿，再见吧，北京。"

定哥的幸福生活

恋爱的日子里，二人散步到夜静，转回到定哥住室。二人恋恋不舍地又将手握在一起。良久，定哥坚决地拿起手电筒："我送你回去，咱们一定要等到结婚那晚。"李娜的眼里泪汪汪的，只得跟着定哥一前一后走出去。

镇供销社高挑伶俐的女售货员李娜相中了定哥，定哥当年从一个农村考上师范，做了农业职专教师。

两个人一前一后走在校外的田埂上，月明星稀，草香虫鸣，定哥倍感幸福，望着月亮，羞赧地问："你的爱好是什么？理想是什么？"

李娜大眼一翻，撒娇地答："啥叫爱好？啥叫理想？人活着怪高兴就行。上上班，打打牌呗。"

定哥很感意外，但是，看李娜长得顺眼，性格也开朗单纯，很知足地说："我会让你幸福的。"

恋爱的日子里，二人散步到夜静，转回到定哥住室。二人恋恋不舍地又将手握在一起。良久，定哥坚决地拿起手电筒：“我送你回去，咱们一定要等到结婚那晚。”李娜的眼里泪汪汪的，只得跟着定哥一前一后走出去。

同校的年轻男教师李申不知从何处得知这件事，便当做定哥的典型笑料。

晚饭后，乡里几乎没有娱乐项目，女儿被同事家的大孩子带出去玩，李娜和男老师们支起桌子打“双升”。定哥用洗衣机把一家的衣服洗好晾出去，打扫好房间，便坐在桌前读书学习，写广播稿。定哥做这些的时候，毫无怨言，他养成了洗衣服的习惯，也觉得时间保贵，浪费到玩牌上，不如多看点书。

孩子一转眼到了四岁，上学问题提上日程。李娜的单位分流，她由集体售货员变成了个体户。进城做生意也成了她的愿望。定哥就托人说情要调到城里去。在熟人为他说调动的事情同时，定哥接到了两个进城的考试启事。一个是通过考试进入县城广播站，一个是通过考试进入教育局电视台。他开始积极备考，在电视台招聘考试前夕，他收到熟人捎信，说调动进城的事说成了。然后，他放弃了两场考试，搬进了县城的学校。自此扎根在教育系统，写新闻和辅导广播站成了永远的业余爱好。

李娜要和人合伙卖化肥，需分担一笔货款。这可是定哥从来没有见过的大数目。李娜贷了一部分，余下的一部分从哪儿来，二人都犯了愁。

最后，定哥一边嘶溜嘶溜喝着稀饭，一边思考着，一碗稀饭喝完，放下碗，定哥说："我去借。"

定哥拿了一个小笔记本就出门了，到学校值班室借电话挨个儿给同事家里打，打通了，就是借钱，那个时候，大部分人的工资都只有二百多元，定哥就借二百，或者一百。百分之八十的同事都是说手头没钱了，等发工资的时候，可以借给他一百。

打了一圈没有借一分钱。安慰愁眉不展的李娜："睡吧，我有办法。三天后钱就来了。"

三天后是学校发工资的日子。老师们挨个儿到后勤签字领工资。定哥郑重地拿着笔记本站在门外边，将出来的人拦住，请人家对现"发工资时可以借给你一百"的承诺。将借给钱的同事名字工工整整记在小本子上。

两天下来，果然为李娜筹到了一万多块钱。

然后，定哥开始了漫长的还钱过程。他每月领到工资，哪位同事急需用钱，就先还给哪位同事。只剩几十块零钱家用。大家知道他手头紧迫，也不催他。三年时间，本子上还有十多个人的名字没有划掉。其中两三个人都忘掉了这件事。那一年，因为外地化肥的进入，价格空前下降，前两年的盈利一下子全亏进去，幸好先还上了货款。借亲戚的也还得差不多了。

李娜哭了："定，这可咋办呢。还欠这么多钱？！"

"没事。我来还。"定哥没有埋怨一句。

那一年，老师都补调工资，还补发前十个月的增涨部分。当无忧无虑的女教师们欢天喜地计划着买新衣去旅游时，定哥悄悄将领到的钱分送到最后几个债主手上。

定哥的工作很忙，业余还辅导小记者队和广播员。李娜无论做什么生意，定哥都支持她，和她一起分析生意的各个细节和流程。定哥有一个年迈的母亲，他也接过来，亲自照顾得无微不至，李娜受到感染，对婆婆和自已母亲也尽力照顾。

李申也调到这个学校，将定哥婚前那个笑话也带了过来。李申依然喜爱打牌，在牌桌上对定哥的懦与迂嘲笑不已。

突然，听说李申离婚了。原因是她的妻子用陌陌聊天，与一位小学文化的畜牧投资人网恋，从同事亲戚处借了百万元钱交给对方。对方拿到钱后，不见了踪影。事发之后，李申妻子涉嫌诈骗被抓，李申第一时间离了婚！

小樱桃

思齐的世界日夜都是黑洞洞的。幸好有两个男人，一个在身边陪伴，一个在电话里陪伴。

立夏后的街头，小贩摊上的草莓变成了樱桃。放学的舒窈挑最红艳光鲜的大樱桃买了一斤。今天是她的生日。妈妈早早订了蛋糕，正在家为她准备一顿丰盛的午餐。

看到捧在女儿手上的樱桃，思齐情难自抑，发怒：“谁让你买的！你啥时候见过我买樱桃吃了！”思齐的表情由愤怒转为痛苦，精神或者情感上的疼痛，也能像肉体的疼痛一样，从一个点疼起，迅速漫延全身，痛苦到生无可恋。看到舒窈无辜、不解的表情，她努力克制，强作笑脸："孩子，没事，你自己去屋吃吧。"

思齐靠在门上，想将巨大的痛苦像咽口水一样一点点咽下肚去。情绪继续低落，强烈的倾诉欲升起。她拿起电话，将号码翻了一遍。最后，还是拨了那个在常用电话里排在第一位的号码："喂，你还记得，我当年给你说过，我家院里的那棵樱桃树么？"

对方说："嗯，正宗的中华樱桃——小樱桃。你在哪儿？怎么了？家人呢？"

"今天是……舒窈买回来大樱桃，让我想起'小樱桃'来。你还记得'小樱桃'吧？"

"忘掉吧，十二年了。很多事必须忘了，好好把握现在。做饭给孩子吃吧。我有事要出去，回头再聊吧。来，你先吃药，吃完告诉我。"

思齐在包里翻了一阵儿，找出一个小纸包，吃了里面的几粒药丸，情绪渐渐回复平静。难得老公明举将她吃的药从瓶中分出来，一小包，一小包地包好，按顿发给她，从来不让她接触到大剂量的药片。她做着事或走着路，突然想起"小樱桃"便走神发呆，常因此做错事或闯了祸，他也从来没有指责过她。她心情好时，会佯嗔："你怎么不说我呢？"

明举推推憨厚方脸上的近视镜："我哪敢说你，啥不得顺着你的意愿。"早年说这话时，明举的语调里有无奈和怨怼。十多年的磨合与相伴，这话说了又说，不知哪天起，已变成了关怀和爱护。他们之间总小心翼翼回避着“樱桃”这个词。因为，那是他们亲生女儿的名字。女儿也喜爱外婆院里那棵樱桃树。那一年她才五岁，思齐和明举正经历“七年之痒”。领导家庭的思齐与农村出身的明举，无论从生活习惯、亲属关系上都经历了种种矛盾，矛盾一度激化到两个人冷战数月。

思齐带着“小樱桃”住在娘家小院里，便对初恋生起刻骨铭心的眷恋。不停回忆高中同窗的趣事，同在一个城市读大学时，她去看望他，约他一起看电影、逛公园，两个人坐在草坪上将《红楼梦》上的人物与昔日同学对号入座……他们的家庭条件相似，各种观点和习惯也相近。如果当年他没有撤离，两个人走到一起，将是另外一种浪漫幸福的生活吧。刻骨铭心地想，便刻骨铭心地痛，她日益抑郁，即便明举追到娘家，处处迁就照顾她，也无济于事。

思齐终于找到初恋人的电话，他已是独当一面的地方领导，而她做高官的父亲已经过世，兄、姐都和她一样是普通百姓。他从她语无伦次的话语里，了解到她的抑郁，不断地开导她，无论她什么时候打电话，他都第一时间接听。对于她，他的电话成了唯一的心灵慰藉。那一年，非典病毒肆虐大陆，她的抑郁也到了顶点，几乎每天早上，都跑到离他单位很近的草坪，看着办公楼给他打电话，从来没有想过那个时间他刚从妻子身边起床，在漱洗或吃早餐。

就是那天上午，小学生放假在家，大学生都隔离在校园不许回家，明举在学校值班。思齐留五岁的“小樱桃”在院里玩耍，自己来到草坪给“他”打电话。“小樱桃”爬上樱桃树采果子，一失足，仰面跌了下来，墙角竖着的松土用的铁棒深深扎进她的后脑勺……

思齐的世界日夜都是黑洞洞的。幸好有两个男人，一个在身边陪伴，一个在电话里陪伴。还有乡下婆婆不顾她的歧视，替她抱养一个可爱的女婴——小舒窈。慢慢地，她的天空有月亮升起，有太阳升起。

……

明举推门进来，将蛋糕放到餐桌上，看到思齐扔在案板上的药品包装纸，小心地问："怎么了？"

"孩子买了樱桃回来……"

"哦。会自己买东西了，真是长大了。"

"唔。呃……"看到丈夫一点都没有想起"小樱桃"，思齐有些意外、愤懑，刚要埋怨，突然转念：对呀，今天应该是个快乐的日子，为了舒窈，过去的，忘了吧。

女儿乖巧地将一只红樱桃放到她的唇边，她转头看了看明举，然后愉快地一口将樱桃含进嘴里，一种熟悉又不同的味道在齿颊间洇开。她笑了，满心的快乐。

幸福的红吊带

夜凉如水，浴缸里的水很温暖，琼穿上心爱的红吊带，化了最精美的妆，然后躺到浴缸里，切断自己的腕动脉……

琼刚长成大姑娘时，哪儿都美，皎美的脸庞，白皙的皮肤，丰满的胸脯，修长的双腿；又美丽又健康。从春天到秋天，她那红红的吊带一直在师范校园自信地晃，晃得老师同学眼花心颤。

琼做了老师后，遇上了心爱的男孩武。

武说："琼，你哪儿都好，就是胸脯——像个太平公主。"

琼便去做了隆胸手术，然后幸福地挽着武的手臂走进婚礼的殿堂。不久，琼开始胸闷气短，医生说："胸部填充物已经扩散，若不切除，将癌化。"

望着琼胸口两个碗大的疤痕，武原本充满爱意的眼睛，像看一个怪物。武离开了家，再也没有回来……

夜凉如水，浴缸里的水很温暖，琼穿上心爱的红吊带，化了最精美的妆，然后躺到浴缸里，切断自己的腕动脉……

琼在医院里醒来时，望着守她三天三夜的父母和姐妹，她羞愧地说："放心，我会好好活下去。"

她辞掉学校工作，走进美容培训班。美容老师望着她的胸脯犹豫。她把自己的经历原原本本地讲了出来，她说："我失败了，想让更多的人成功。"

经过严格培训，琼上班了。她早早来到店里，开始招揽顾客。恰巧一位20多岁的女孩向这边走来，她连忙迎上前，拿出资料准备向对方介绍，没料女孩惊恐地诘问："既然你们的技术那么好，你的胸脯怎么那么平？"突如其来的发问，令琼尴尬极了，但她还是强迫自己镇定下来，把自己的遭遇一五一十地告诉了这位女孩。末了，琼语气坚定地说："正因为我是被美容伤害过的人，所以我懂得健康的重要，我一定会对我的顾客负责。”女孩被琼的真诚感动,成了她的第一个顾客。

琼仔细研究后发现女孩不适合做双眼皮，就建议她植了假睫毛。望着镜中的自己变得魅力十足，女孩感激不尽。

首战告捷，琼的信心更足了，只要见到合适的人，她都会主动上前介绍业务。她渐渐发现，其实别人根本没有因为她的胸部而看不起她。

转眼之间，琼上班一个多月了。

这天，她正准备下班，一位中年妇女跑进来，兴高采烈地请她去洗桑拿。这位顾客在琼的建议下，成功做了颧骨截骨手术。女顾客的兴奋感染了琼，她答应了。

在浴池里，琼羞涩地脱掉长裙丝袜，露出两条匀称修长、肌肤紧致的美腿，然后背转身去慢慢脱掉上衣，她脱得那样慢，玉雕般线条玲珑的背部展示在女顾客眼里，女顾客笑着说:“真美呀，快转过来吧，都是女的，害臊什么？”说着就扳过了琼的身体。刹那间，女顾客看着她胸部两块碗大的伤疤呆住了。琼痛苦地说起往事。

听着琼的诉说，女顾客缓缓走近她，紧紧抱住她，两个人的眼泪流到一起。

慕名前来美容的女性越来越多，琼渐渐忘了自己的伤痛，开心地工作着。她又穿起了喜爱的红吊带，自信地走在上下班的路上。

她的身边追求者越来越多，但琼害怕再一次陷入噩梦，她一一拒绝，对杰也不例外。

夏季的一天，琼下班走出店门，突然下起瓢泼大雨。琼想退回店门口躲雨，一把大伞撑到她的头上。

回头看到杰微黑的带笑的脸，琼心头一热。琼穿着喜爱的红吊带，外罩白色长袖纱衫，被雨一淋，原本飘飘的衣衫贴在平平的胸上，她抱紧双肩，羞愧交加。

她又一次生气地呵斥杰："你嫌我还不够丢人吗？还来取笑！"

杰认真地说："琼，我爱你，爱你面对打击不肯低头的勇气，难道有缺陷的人就不可以有爱情吗？我天天在等你。"琼走进伞里，幸福的泪水顺着脸庞流了下来……

杰陪着琼走过长街，穿行在人们的目光中。琼越发相信人们的目光里没有嘲弄，多的是一种钦佩和艳羡。那一刻她很自豪。

又一个初夏来了，琼和杰已昂首在长街上走过一年。

这晚送走最后一位客人，已是10点半了。琼走出店门。杰在马路边的梧桐树下站着，看到她，大步过来，拥住她。

杰说："明天我们都不上班，找个环境优雅、闲人免进的地方，一起听着优美的音乐，谈谈下一步的计划。"

"下一步的计划？"

"是呀，你打算先结婚呢，还是先开美容店？"

琼笑了，夜风吹起她的长发和衣衫，红吊带在衣袂间若隐若现。远处有悠长悠长的萨克斯乐曲若有若无地飘来。

琼调皮地说："这是个问题，那么，我们来谈谈。"

柜员英姿

当他听到这个公司名字轻轻从小伙嘴里吐出来时，耳边像炸响一个惊雷：这正是他公关多时不见成效的一个重点对象！

英姿是在银行大院里长大的，那个时候，全县城里只这一个银行，别的存钱的地方叫信用合作社。

英姿的父亲是行长，矮胖的身材，微微秃顶，总是红光满面，他的性子不急不慢，不多言语，稳稳的步子给人一种厚重感，似乎那一金库的钱都存在他中山装的四个衣兜里。英姿妈比父亲小许多，从农村出来，识字不多，宽扁的脸和身材，倒也适度匀称，也是和善平朴，不喜与大院中人呼长喊短地说话。金融家属大院被一道道竹篱笆隔成一个个独立的小空间，几乎家家都喂了鸡。英姿家在长长的大院的最后，是一个单门独院，院里没有喂鸡，养着一院的花草。英姿上小学后，她妈才被安排进分行工作。

英姿继承了父母的性格，从小学到高中毕业十几年间，从来没和人红过脸。高中一毕业，英姿就毫无悬念地进了银行做了柜员。从打算盘、数钞票开始学起，很快就熟悉了业务技能。上学时，学校的各种活动，她都是一个安安静静的好观众，在单位，各种竞技和表演，她也都是一个安安静静的好观众。一张像极了母亲的脸，因为带着平和的微笑而显得纯美。

“英姿，下班走喽。我今天有个饭局，先走了。”盘点入库完毕，同事晓红背起手包边打招呼边出门。

“哎。你走吧，我把这乱纸收拾一下。”英姿把所有的废纸收拾到一处，理整齐，放到废纸篓里，又把废纸篓放到营业室临门的地方。这才洗净双手，涂上护手霜，叫上保安人员一起关门下锁。

每一天都是如此。新来的小同事云飞悄悄问晓红：“英姿姐是不是和拾破烂的老头有亲戚？”

“没有。”

“可为什么她每天把那些废纸打理齐整留给那老人呢？”

英姿听到了，微笑着，轻声说：“他一个老年人，每天清晨来拾破烂，家里肯定艰难，孩子们也不会很孝顺。挺可怜的。”

云飞似乎明白了点什么，点点头。趁英姿上洗手间时，悄悄问：“英姿姐看起来气质娴雅，其实家境不太好吧？”

“嘁，她是老行长的千金，丈夫是个公务员，从来没有为钱和工作发过愁。”

“难以相信，她这样的家境，怎么会有同情心？！”

有一天清晨，下着小雨，老人没有来收拾废纸。英姿张望了几次，将废纸悄悄收到桌下。将近中午时，老人走到门口，特意认真地跺脚，蹭掉上面的泥才进来。英姿站起来刚要问话，老人迫不及待地将一只塑料袋放到柜台上：“闺女，我存钱，给你顶任务吧。”塑料袋里是身份证和几摞钞票。英姿数了数，整整一万元。她问：“老伯，您存多长时间？”

“一年吧。时间长了，我怕等不到那一天了。”

周南驿小姐

英姿站起来，温和地说："别这样想，您还结实着呢。"她细心地记下了老人的姓名和地址。望着老人夹着废纸离去的背影，她心里阵阵发酸，破天荒地主动找晓红说话："真可怜。也不知他儿女都是做什么的。"第二天，老人没有来，接下来半个月时间，老人依然没来。英姿托丈夫去寻找，丈夫回来说老人已经去世，他有一个女儿两个儿子，都忙碌着自己的家。老人平时从来不向他们要钱，也不要他们照顾。那天老人病了，住进医院，再也没有醒来。英姿通过司法渠道将存款交到继承人手上，问："老人临终就没有交待存款？""没有，啥都交待了，一句也没提存款。"

英姿的眼里泛起泪花。

晓红当了分行的主任，云飞也连连参加系统竞技大赛获奖的时候，英姿依然是一名普普通通的柜员。她不努力，甚至没有用心去背诵国家新调整的存款利率。

一位大爷来到云飞柜前存款，问："小伙子，现在存款利率是多少？"

云飞麻利地背诵："三个月 2.73%，6 个月 2.99%，1 年 3.25%……"还没等云飞说完，大爷就打断道："你把文件拿给我看看。"

云飞看一眼大爷身后的长队不耐烦地拒绝，说自己很忙，没时间给他找文件。

另一个窗口上班的英姿趁着办完一项业务的档口，微笑着对老人家说："我这里有一个复印件，你看行不行？"她因自己记不住，备着一份。

老人接了复印件看着，又重新取了号，排到英姿跟前，一定要把钱在她这里存，还要把另一笔已经到期的存款也转存到她这里。因为刚刚上了些火气，天又热起来，老人额头淌下汗，就是想不起密码。英姿隔窗递出来一张纸巾让老人擦汗，一边安抚排在后面的客户。大厅里静下来，老人的心也清静下来。突然，他一拍大腿："想起来了。"

云飞一直没有说话，下班后，叫上几个伙计，喝得醉醺醺的，不停地抱怨上天很不公平，"努力"赶不上"运气"。

半个月后，人们都忘了这件事，老人领着一个年轻小伙来存款，小伙说老人的儿子是公司老板，听老人说了上次存款的事，决定将公司所有钱都转存到这里。

云飞隔窗问："什么公司？"

当他听到这个公司名字轻轻从小伙嘴里吐出来时，耳边像炸响一个惊雷：这正是他公关多时不见成效的一个重点对象！

吃红果的熊猫

终于，一群小学生蹦跳着、欢叫着跑过来，围在秀葳画前，兴奋地叫着。突然一个孩子惊奇地问："熊猫吃山楂吗？

秀葳开画展了。画展在她的家乡小城那条专门举办书画展出的长廊里举办。

但是她只有十一幅画，十道展框中的两格都没有占满。余下的地盘，一位中学美术老师拿出自己多年的习作，补满了。

开展那天很隆重，管文化的领导也来了，参观的人很多，很热闹，因为是元宵节前一天，也为传统的节庆拉开了序幕。

管文化的领导来参加开展式，第一是职责所在，第二是冲着秀葳的名号，她号称本地走出去的著名老画家的关门弟子，得了真传，回来汇报展出。

老画家是个可敬的人。他的成就很高，画作被国内外权威的书画馆收藏，是小城人的骄傲。他的画自成一体，形象稚拙，憨态可掬，逼真传神。画鱼儿戏水若将扑拉一声跃出水面，画燕子穿竹而舞若闻啁啾和鸣，画松鼠采果觅食令人屏息，怕稍一动，便惊得它跳踯飞逃……他的雄鸡也画得威风凛凛，寓意瑞祥。老人年龄越来越大，体胖虚弱，性格返璞归真，整天乐呵呵的，像极了自己画笔下的“国宝”。老人一生爱画若痴，为观察小动物的姿势、神态，常常采风深山，一住几个月。路过菜市场蹲下看鱼，一蹲半天。老人的生活需要照顾，便请家乡的秀葳来家中做保姆。

秀葳四十出头，初中毕业就做了包装工人，下岗后，辗转大城市打工。看到老人的画能卖那么大价钱，她便拿起画笔，认真学习。秀葳很聪明，很快就掌握了画燕子、熊猫、竹子和红果的技法。有人到老人的家中拜访，看到秀葳画的《竹燕图》《竹子熊猫图》大加赞赏，特意花钱求取。老画家对她也表扬不已。

秀葳按捺不住兴奋，辞了工作，回到家乡，决定办自己的画展。她先在镇上租下一间门面，开了一间画室，卖文房四宝，还有老画家的几幅赠画，然后开始为画展创作作品。她只会画那几样，就只拿那几样组合来组合去，经过半个冬天，终于在画展前完成了十一幅四尺斗方的画作。

开展仪式过后，闹元宵的人们络绎不绝地参观画廊。秀葳很沮丧地发现，人们的眼光都在她的画前一扫而过，在美术老师的画作上流连忘返。美术老师不太爱说话，更不喜欢谈自己，说起书画来却口若悬河。对老画家的作品也了如指掌。他喜欢水墨山水，曾经走遍家乡的山山水水，采风写生。他这次展出的，是他创作十年的《印象家乡》。那水、那山、那庄、那人，让观赏的人似曾相识，倍感亲切，却又似是非是，美得如同世外桃源。人们在他的画作前聚集，称赞之声不绝于耳。

画展上了电视，大量的镜头对着美术老师，他指着自己的画，详细讲述作品的主题与思路。一家企业收藏了美术老师的《印象家乡》。秀葳的画在这场专为她策划的画展最显眼位置，画前一片空地，镜头一掠而过。

终于，一群小学生蹦跳着、欢叫着跑过来，围在秀葳画前，兴奋地叫着。突然一个孩子惊奇地问："熊猫吃山楂吗？"

"不知道。"

"吃吧。要不画家怎么就画了熊猫吃山楂呢！"

孩子们议论着又跑走了。一位本地画家把目光转向秀葳，也问了同一个问题，秀葳脸红了，羞愧地说："我只会画燕子、熊猫、竹子、红果，就随便组合了一幅。"

三天的元宵画展终于熬过去了。秀葳收起自己的画，打电话给老画家，要求再去应聘做保姆，再好好研习绘画。

老画家马上答应："来吧，画画呀，里头的学问，一辈子都研究不完呢。"

拯　救

乔编坚定地点头："你经历了生活，得到通行证了。"

乔编从稿子上抬起头，扶扶眼镜望向门口，那里默默站着一个长发青年。他衣服破旧，目光呆滞，脚边放着一个编织袋。

编织袋里是用小学生作业本写成的一本本稿子。乔编认真翻看半天，摇摇头；再认真看半天，又摇摇头。对满脸期望的青年说："走，先吃饭，我请客。"

乔编给青年倒了一杯酒，又给自己倒一杯。狠狠心，豁出去说："孩子，你还是找一个出力气的营生吧，你不是这块料。"

青年说："真话？"

乔编点头："真话。"

青年一口干掉面前的酒，伏在桌上一动不动。乔编在一边静静地等着。

终于，青年抬起头说："走了。"把编织袋扔到垃圾箱边，离开了。

两年后，青年又站到乔编面前，他装扮虽不协调，却也光鲜，脸色红润，目光闪亮："我搞养殖赚钱了，请你吃饭，你救了我。"

乔编舒了一口气，这两年他时刻掂记着青年，寝食难安。青年的到来也救了他，他知道自己做对了。他说："你还要多读书，然后实现写作的梦想。"

青年的眼睛闪亮："我还行吗？"

乔编坚定地点头："你经历了生活，得到通行证了。"

金山湖畔遇见你

落雪的时候，阿欧和蔻子卷起窗帘，看远处的金山与茫茫的金山湖，那年，他们初遇的地方也被雪覆盖了。两人同时回过头望住对方，眼中满满的幸福！

"山吐晴岚水放光，辛夷花白柳梢黄。"一个女子念道。

阿欧转过头看到伞下是一张江南女子的精巧小脸，她正指着堤上辛夷花给女伴看。

阿欧的心情原本像这天气一样灰蒙蒙的。他是一名工匠，本科毕业的工匠，设计和制做各种空间、居所、店铺、艺术品、用具，他有足够的灵气和雄心，但是在广州的一年，却几乎是浪费了 365 天，签约的公司经营管理不善，限制了他创作与发挥。相爱四年的恋人考托福飞美国，刚刚踩稳 USA 的土地，便与他断了交。内外交困中他背起行囊，边走边出卖手艺，像一个旧时代走村串寨的手工艺人。

沧桑、青春、灵性在他身上融汇成一种独特的气质，女孩也被他吸引住了。带着几份腼腆走近来，将伞罩在他头上。

她叫蔻子，比阿欧小四岁，正在湖畔那所大学读大二。阿欧的心里如同照进一道阳光，他决定留下来，就在堤岸边找一处面湖的房子，开始创作。

在蔻子建议下，阿欧开了网店，向全国发布自己原创设计的各种作品，订单像雪片一样飞来。

蔻子学习很认真，只在课余时间才会从大学城跑到风景区来和阿欧见面，帮忙打包发快递。默契在心中，二人谁也不肯说破，隐隐约约地像一种异地恋。

有一天，这间破旧的房子在一场大风后的疾雨里漏雨，淋坏了阿欧精心设计的作品，也淋病了阿欧。阿欧发着烧，迷迷糊糊地叫着蔻子的名字。蔻子一直守护着他，喂水喂药，他痊愈时，说金山湖这地方，白娘子救许仙，梁红玉助韩世忠，你来救我！蔻子羞红了脸。

大四后半年实习期，蔻子都用来协助阿欧租新房子，成立工作室。她放弃了本科双学位的专业方向，开始和阿欧一起打理工作室的事情，行政、财务、后勤、人事……后来她开始做手工皮具，一切都是从零开始。阿欧给不了她太多的技术帮助，但给了她信心和后勤上的支持，这一年多她做得渐有起色。

两个人每天早上一起上班，蔻子在工作室一头，阿欧在另一头，从早到晚各忙各的。

立冬的时候，蔻子的父母叫她回家看看，当晚，阿欧就接到了蔻子的电话，说父母安排她参加公务员考试，还物色了三个对象等着她去相亲。阿欧说："你的意思呢？"

"你来，接我一起走。"

阿欧收起手机，马上叫了一辆出租车直奔蔻子的城市。蔻子拎着手袋从家中跑出来，坐进阿欧接他的车里。她的父母追出来，见女儿心意已决，便妥协了，他们接纳了一对热爱手工艺术的年轻人的爱情！

落雪的时候，阿欧和蔻子卷起窗帘，看远处的金山与茫茫的金山湖，那年，他们初遇的地方也被雪覆盖了。两人同时回过头望住对方，眼中满满的幸福！

第五辑　醉红颜

“醉红颜”里有历史钩沉，也有今古穿越，“自古美人爱英雄”，命运却让英雄美人难以相守白头，爱恨情仇，是非曲直，都在历史的烟云里远去，无论是夏桀的妹喜，武丁的妇好，曹操的来莺儿，盛唐的马凌虚，刀客的兰……

刀客之死

铁匠颤抖着双手，接过刀，两手一用力，听到的不是那种熟悉的、令人快意的“铮”的一声，而是朽木断折的“噗”的一声，像空气中有人望着他讥讽地一笑。他只拔出一只刀柄，那曾伴他传奇人生的神刀，被岁月蚀成一块废铁。

南衙的东邻是一座铁匠铺，明代建南衙的时候，它就在那里。人民政府搬到人民路，南衙变成“南衙街小学”，铁匠铺还在那里。

白发苍苍的铁匠躺在床上，用微弱的声音叫道：“兰，拿来。”

兰顺着他的眼神望向墙上挂着的那把裹着皮革的刀。皮革上落着厚厚一层灰，沉沉地、幽暗地静默在泥土壁上。四十年，整整四十年，它没有变换过一下姿势。

年近六十的兰腰身依然灵巧，大概是没有生育过的缘故吧。

她取下刀，抹去尘灰，打开皮革，里面是红木刀鞘，金丝缠绕的刀柄。由于年代久远，一股陈腐的怪味弥漫在屋里。铁匠颤抖着双手，接过刀，两手一用力，听到的不是那种熟悉的、令人快意的“铮”的一声，而是朽木断折的“噗”的一声，像空气中有人望着他讥讽地一笑。他只拔出一只刀柄，那曾伴他传奇人生的神刀，被岁月蚀成一块废铁。

铁匠也随着这讥讽一笑咽下最后一口气。

下葬时，兰将那把刀放在他的手边。

兰知道，铁匠是一名刀客，他必须带着他的刀一起面见祖先——兰是铁匠之外唯一知道这个秘密的人。

豫西地区从清末到建国初，匪患猖獗，打家劫舍，为害一方，统称刀客。

他们有结伙聚众占山为王的，也有隐身单行的，什么人也不知其刀客身份的。当年在豫西有一位大名鼎鼎的刀客，叫“玉面独行”。但他长什么样子，隐身何处无人知道。他从不随意打劫，只收人钱财，替人“消灾”。有一个固定的线人，为他承揽生意，他们有独特的联系方式，线人也没有见过他的真面目。

还有一种“双面人”，他们在国民党内部做官，明官暗匪；

有的本来就是“土匪”，抗战胜利以后摇身一变，成为“剿匪英雄”。当时，南衙的文化股主任王成桢，出身书香门第，写得一手好公文，老百姓称他是师爷。一有机会，他便抢劫作案。

师爷的双面人身份，路人皆知，但是，没人敢说一个字。

民国三十五年腊月三十的夜晚，他身披大衣，头戴礼帽，一手打着电筒，一手提着盒子枪，在紫逻口遇着一个过路人，不问青红皂白猛打一顿耳光，把过路人身上仅有的盘缠十块银元搜去。然后他抢先一步回到南衙，把衣帽一换，坐在办公室里。当这位被抢者到南衙报案时，王师爷一拍桌案说：“哼哼，你是奸细，故意惑乱民心。来人，押进牢里，审出同伙。”

兰只身到南衙为父亲收尸，她才十八岁。师爷强留她，她便住进南衙后院。

兰常闲闲地在一方阁楼上走来走去，从东窗，正好眺望见东邻的铁匠院落,三十来岁的李铁匠的身影在她眼前晃来晃去。

师爷在床笫之间也存着防范之心，只是他不知道自己的哪一句话会使兰捕捉到父亲死亡真相的蛛丝马迹。

但兰却知道了所有真相。

兰用全部财产，向“玉面独行”买下王师爷的人头。

那是春风轻拂的夜晚，兰蒙眬睡去，一激灵惊醒，便看到一个熟悉的身影站在床前，正对着一帐春光。

兰快意地看着身首异处的师爷，再看看蒙面大侠。她说：“谢谢你。”

望着“玉面独行”的身影融于夜色中，良久良久，兰才大声呼叫起来。

师爷一死，兰和师爷那些值钱不值钱的物品一起在南衙门口拍卖。

兰看向铁匠铺，用一双眼睛乞求着他。铁匠用三十块大洋买下了她。

新婚之夜，兰轻抚着床侧那把刀，一使劲，要把刀从鞘中拔出。李铁匠敏捷地制止她。

刀客的刀是不能随便拔出的，这是他十二岁时，从父亲手中接过这把自他一出生就在锻打锤炼的刀的时候，跪在祖宗牌位前接受的规矩。刀客的刀，一但出鞘，便要饮血而还。如果没有杀到人，则必须杀狗、杀鸡替代，一时找不到狗、鸡，便要拿自己的血祭刀。刀客生的第一个儿子必须继续做铁匠，练就一身钢筋铁骨，然后继续做刀客。

兰伏在铁匠的怀里，哭了。一直哭了一夜，她说，要用眼泪祭奠那些不明不白无辜丧命的亡魂。

铁匠在地上站了一夜，当第一缕晨光照进木格窗，兰止了哭声。

铁匠把刀挂在墙上，发誓再也不让刀见光。

铁匠打铁器维持着二人的生活，直到老死。他们一直没有要孩子。

最后一名刀客终于消失了，他杀了无辜的人，杀了杀人的人，时间杀了他！

他没有后人，刀客时代结束了。

名角情

都说“兵匪同类”“戏子无情”，这则故事却表现了兵与戏子的情和义……

那时日本就要打到洛阳这座洛神护佑着的历史名城，这座老城，因状如凤凰，被当地人叫作凤凰城。它早已历尽朝代更迭的烽火洗礼，宛如一座平遥古城了。

而无论是守城的军阀，还是维护治安的警备司令，或者是暂居城里的文化政治名流，依然，风雅不减。

春节过后城中云游来一位京剧名角，文唱武打兼优，在大剧院一唱就是十天，场场都爆满，场外等候下一场的群众，差点挤倒了扎得牢牢靠靠的席棚。在兵荒马乱的年月，飞机像秃鹫一样时不时地就在古城上空盘旋，扔下几颗炸弹就走。戏迷们冒着生命危险来看他的戏，都说演得那叫真正好。

第十一天上，一位在城里修整的本土将军派人来叫他去唱堂会。这座周南驿站花园改建的大宅院，建筑气派、装饰精美，座上名流云集，推杯换盏，吟诗作对，谈古论今。

席上，将军最宠爱的如夫人亲自操琴伴奏，二人合作了一段《赤桑镇》。这郑氏夫人不仅貌美如花，而且多才多艺，现场做《牡丹临风图》一幅，军人便挥毫在上面题款，洋洋洒洒，可圈可点。自此，角爷便成了将军公馆的常客。郑夫人还拜名角为师，一板一眼地学起戏来。

农历四月，牡丹岭上凤丹、白牡丹开得格外繁盛，远远望去像下了一场香雪。香气随风飘散到凤凰城，却无人敢上牡丹岭采“凤丹白”制牡丹全花茶和牡丹饼。

有个不入流的唱戏人早就觊觎名角在城里的风头，便找了个由头陷害了名角。

名角被抓进监狱，严刑逼供，受尽折磨。

日寇越来越近，战事不可避免。

当时关在监狱里的人有人保释的都放了，没有人保释的都要枪毙或活埋。名角不是本地人，没人保。但他一点不着急，在这大难临头的时候，他居然还在牢里唱戏。

有一个守监狱的老排长在堂会上看过名角的戏，十分敬慕他。老排长知道名角冤枉，不忍心他被枪毙或活埋，就跟他说：“我找人保你。”

名角双手一拱说：“有劳了。”

当时城中邮政所有个黄先生，在大厅一角支张桌子代写文书。卖文糊口不易，家中老小勉强度日。老排长踏进邮政所大门，就把围在黄先生桌边的人驱散了，将名角的事情跟他一五一十说清楚，请他代写保书，给他五毛钱。

因为连日来日机轰炸，很快就要兵临城下，很多做生意的都关了门。有能力的都迁往新安去了。老排长找了几条街，终于在一个巷子里找了家做食盐生意的，给盖个章。

回到警察署，老排长把手续办了，把名角给保释出来，让他快走。

周南驿小姐

老排长挨到中午换班，下来走到街上，正琢磨着到哪里吃饭，一只胳膊拦住他："恩人，跟我来。"老排长定睛一看是名角，忙道："唉呀，你怎么还没有走，明天，日本人就打过来了。"

"恩人，我虽是一个唱戏的，但这忠、孝、仁、义、礼、智、信却坚守在心里头，你非亲非故救我逃脱困厄，我岂能不知恩图报，一走了之。这，我也太失礼了！今天，我已在酒店订好酒席，你一定得让我敬三杯感恩酒。"

老排长这才发现名角的长褂没有了，就到饭店和老板说明情况，退了饭钱，说好说歹拉着他到了原当铺，将衣服赎回来穿上。老排长看了他步履不稳，知是多日来饿的，就从腰间摸出几毛钱，给他包了几个馒头，塞到怀里，让他赶紧离开，自己随后也跟着部队撤退了。

名角便想起女徒弟郑夫人，想她一介女流，还有孩子，如何躲过这场兵灾。到了将军公馆，大门紧闭，阒静无声。名角上前敲了一阵，也无人应。

五月天的午后，站在太阳地，却觉得苍苍凉凉，前不久的繁华和喧闹就像一场梦一样，好像没有发生过。这女徒弟究竟到哪儿去了呢？

许多年后，名角来到上海，在人民剧院演出。结束后一走出剧场后门，一位穿旗袍的中年女子笑微微地迎上来，鞠躬叫："师父。"

名角定睛一看，正是古城那个将军的如夫人，依然花一样的样貌，依然优雅奢华的装扮，俨然上海名流。

两人茶馆坐定，名角便问起当年她的去向。如夫人说战事一吃紧，将军回到自己的战区，便派人护送她和孩子到上海的产业居住。后来，将军被调往洛阳城抵御日寇，孤军被围，以身殉国了。

名角长叹一声，推开如夫人赠送的礼物，站起身抖抖衣袖。头也不回地离开了。

生死恋

人，有所惧，有所不惧。无论是为爱赴死地，还是为大爱舍小情，都超越了时代，散发情感的魅力！

那是 1942 年，那一年的冬天格外冷，东北绥远的辽阔原野上，一阵阵凄厉的风刮过，犁牛和农人都瑟缩成一团。

虽然战事不断，刚过完年，农人已经到田间深耕，准备播种春小麦了。

突然，一个一个村子村民集体发起急病，病传染很快，一个人一发病，一家人很快就被传染上，一家一家变成坟场，整个村子变成鬼村。

这是日寇在东北绥远发动的细菌战，很多老百姓感染病毒，一时间瘟疫杀人无数。

中央西北卫生处下令防疫，断绝交通。

周南驿小姐

命令下达后两三天，离绥远较远的偏僻县城也开始死人，一些备耕的百姓陆续被传染了。抗日部队伤兵收容所的刘所长带着全所的战士和伤员，和老百姓一起安全隔离在一个寨子里。

当时被安全隔绝的寨子里有一个姓唐的人，粗通文墨，善弈棋，有祖上传下来的三十六道绝招。他还有一副长白山黄杨木的象棋子，是他自己亲手制作的，掂在手里，轻重适度，养手。

刘所长略有空闲，便叫老唐来下一局，弈术竟大有长进。于是与他相交甚厚。

车来卒往间，刘所长了解到唐先生在附近一个村子里有一个相好的女人，二人在十里地外的另一个村子相继出生，青梅竹马，曾于朦胧知事之年结下百年之盟，要生死相依，一生相随。但是不久，女人的父母为了厚重的财礼，将女儿嫁到附近这个村子。唐先生一介书生，父母早亡，家道中落，真情难舍，便跟到相邻的这个寨子，教教私塾，赖以糊口。为着时时打听得到心爱之人的消息。

有一天，唐先生急火火地找到刘所长，请求放他出寨子。刘所长仔细一问，才知道唐先生听说自己喜欢的女人的老公染上瘟疫死了，要出去娶她为妻。

刘所长晓以厉害，百般劝阻。唐先生垂下泪来，一定要践初恋之盟，宁愿与心上人共赴生死。刘所长尽力劝阻，唐先生就跪下来，说：“我一生从无求过人，今天，就求你了。”

无奈之下，刘所长叹道：“老唐，出去，就没有回来的可能了。”

老唐点头说：“情愿如此。”说完，就拿出那副亲手制作黄杨木的象棋，送给刘所长。刘所长坚辞不受，说君子不夺人之美。老唐神色黯然：“说实话，我这次出去，能不能回得来，就看天数了。你权当替我收着，若我还回得来，你再还我。”

刘所长派人用绳子绑住他的腰，从高高的寨墙上吊下去。唐先生脚一沾地，便解开绳子，向寨墙上拱一拱手，飞也似地跑向村子。

出去之后没多久，唐先生的爱人和孩子都相继染病而亡。

老唐来到寨墙下，托人求刘所长让自己返回安全区。为了大多数人的安全，刘所长忍痛拒绝了他的请求。老唐说：“那就请刘所长站寨墙之上一见，我们远远对弈。”

于是数日来，二人一个寨墙下，一个寨墙上，通过喊话进行对弈。

一直到第七天，老唐没有再来。有村人受他临终嘱托，来墙下向刘所长告别。

老唐染病身亡，刘所长痛心不已。从此竟不忍再碰与老唐对弈过的黄杨木棋具。

但是隔绝区内，在此次瘟疫泛滥中，无一例死亡，一个村子因此而被保全。

凌虚恨

“铮纵”一声，她的手指刚触及筝弦，韵律已在空气中流动了，那一曲是小玄从来也没有听到过的，说不出的荡气回肠，小玄的泪不知不觉间就流了下来。竟不知小姐的筝是什么时候停下来的。

马小姐用一双纤若无骨的玉手，洗净稀有罕见的波斯舶来品玻璃盏，放上一小撮碧螺春，沏上隔年的梅花雪水，待绿茶叶在杯中的上下飞舞静止下来，她轻轻嗅了一下茶香，转脸向身后的丫头说：“小玄，把我的指甲取来。”

那是一副深海玳瑁磨制的弹筝的长指甲，她轻轻品了几口茶水。粘上玳瑁指甲。

“铮纵”一声，她的手指刚触及筝弦，韵律已在空气中流动了，那一曲是小玄从来也没有听到过的，说不出的荡气回肠，小玄的泪不知不觉间就流了下来。竟不知小姐的筝是什么时候停下来的。

“小玄，你为什么流泪？”她没有回头，幽幽地说。

“我为小姐的曲子，也为小姐的终身，还想起了爹娘、家乡……反正就是心里酸酸空空的，小姐，这是什么新曲子呀？”

“心里想到哪儿，就弹到哪儿，弹完了，便也忘了，你自然没有听过了。”她终于站起来，接过小玄递上来的水漱了口，吐到青瓷盂里去。

这时，前堂的传讯丫头坠儿跑来：“小姐，‘开元观’明天做法事，请您和夫人一同前往随喜，夫人让我问您是否愿去，若愿去，请备好捐施的物品，还有，开元观主特意关照说想请您献一支《七盘舞》。”

她略点了一下头，小玄忙替她答：“知道了，你回去禀夫人放心。”

她便让小玄把已经包好的亲手所绣《三清像》和抄写的《太上感应篇》，打开过了目，小心包好，又把跳《七盘舞》的服装和道具理清。这才沐浴熏香，早早安睡。

大唐盛世，洛阳道观“开元观”也盛极一时。就连当朝皇宠杨贵妃当年都曾出家做过道姑，唤作太真呢。所以官宦家小姐舍身道观为长辈、家族祈福的，不胜枚举。她是官宦女子，才貌出众，兰心患质，精通音律，能歌善舞，这倒也不奇。苦就苦在她的一颗心，竟早已空明如无，不把世俗任何男人看在眼里了。

看着她一举手一投足，小玄惊叹：“这哪里是人间的女了呀，这世上也没有男人能配得上你了。”

第二天，马小姐跳的七盘长袖之舞使“吴妹心愧，韩娥色沮”，慕名来看美名“远播东夏，驰誉南国”的马凌虚跳舞的，挤塌了观门前的照壁，伤到了进香的豪客，也吓得马夫人心脏病发作，昏倒在地。就在那混乱的时刻，马小姐镇定地跪倒台上，清悦的声音响彻院内：“我愿意舍身开元观，为母亲祈福，为无辜受伤的人赔情，为道观宏法光大。”

她留在了观中，从此不再有马小姐，只有凌虚道姑了。开元观因她的加入增添了青春活力，香火更盛。两年之间，许多人为了请她奉杯茶、看她跳支《七盘舞》，或者仅仅是请她代为祝祈一番，就要出巨资、捐珍宝，观中集财物无数。

凌虚道姑也越发飘飘若仙，时时有乘风而去之感。

那一年，为了皇宫中那位太真道姑杨玉环，范阳节度使安禄山发动了武装叛乱。安禄山在一路未遇抵抗的情况下，很快占领了东都洛阳，并在洛阳建立起“大燕帝国”，自己做了皇帝，把开元观改名为“圣武观”。

“请仙姑与我回府吧。”一个叫独孤问俗的安禄山幕僚在她奉茶献艺后，紧紧攥住她的纤纤玉腕。

“我一个出家之人，早已绝了尘缘。洛阳城中色艺俱佳者成千上万，官人尽可搜罗了去。”凌虚不卑不亢。

“哼哼，实话告诉你，长安城中，看得过眼的女子，都是我独孤掌中之物了。我看，你是喜欢在这里迎来送往，不愿独守我一人。今天可就由不得你了。”外面是层层重兵包围道观，里面是手下人捆绑了年迈观主百般折磨。凌虚道姑心念一转，轻轻道：“我随你去。”

一披红盖头蒙上凌虚道姑的头，她被推进花轿，抬入独孤家的洞房。

从此，凌虚道姑一步也没有离开过“洞房”的门，也没有吃过一口独孤家的饭。“洞房”外喜庆的笙管笛箫、琴瑟琵琶齐奏时，“洞房”里便传出一声声惨不忍闻的哀叫，那叫声一天比一天弱下去，渐渐地沉寂了……第十天，洞房门大开，凌虚道姑已经魂归离恨天了！

那一年，如此惨死的无数女子都随着时光风消云散了，只有凌虚道姑的名字传了下来，那是因为一个比独孤问俗更獐头鼠目的刑部侍郎李史渔为她写下一篇粉饰史实的墓志铭。

但正是在那字里行间，后人听到了凌虚道姑誓死不从的声声哀鸣。

告密者

二十一年前那晚在酒肆，左金吾卫的下层文职人员皇甫文备也在场，他的存在与离开，从来没有引起过同座人的注意。

一场宫廷政变，继位不足三月的唐中宗，被废为庐陵王。朝政尽归武则天手中。

当晚，长安街头酒肆，十余人团坐，饮酒。

"唉！"一人酒酣长叹。

"早知入宫废皇上无勋赏，不如事奉庐陵王。"又一个声音从杯盘间，随着酒气升起来，撞得人耳叮当作响。众人醉眼蒙眬间，皆举杯应和，一饮而尽。

三巡酒未过，哗啷一声，酒肆门被撞开，一队带甲武士冲进来，迅速控制了喝酒的十余人。左金吾卫大将军亲自指示，将这帮属下囚于左金吾卫狱中。武则天下诏，席间说此言者处斩，告密者授五品官，同席的其他人，闻此言而不告，皆绞死。

黎明前的黑暗，等待处死的十余人静默着。他们的大脑里迅速搜寻着谁是说这话的人，谁是告密者，但他们都喝多了，有没有人说这样的话，都不能肯定，谁在什么时候去告了密，更想不起来。在百思不得其解中一个个赴了阴曹地府。

二十一年后，又一场宫廷政变，中宗重登宝殿，酷吏皇甫文备拖着老迈之躯跪行觐见中宗道："圣上，我有密奏……"

中宗默默盯着他看了几秒，下诏斩立决，并追夺所有官爵，子孙废为奴婢，遇赦不赦！

二十一年前那晚在酒肆，左金吾卫的下层文职人员皇甫文备也在场，他的存在与离开，从来没有引起过同座人的注意。

来莺儿

她不知道自己的身世，从记事起，她就生活在舞台歌榭里，穿梭于琴瑟琵琶、鼓磬盘钹间。因不知身世，她便没有姓氏，养母来氏为她取名莺儿。

这是一班初出茅庐的舞姬，豆蔻年华，萌芽杨柳。她们的《七盘舞》《长袖舞》虽然稚嫩，已经颇有神韵了。

一代枭雄魏王曹操拍案击节，赞了一声："好"。随即叫侍者斟上一杯杜康酒，捧到一边侍立的来莺儿面前。

按照约定，来莺儿在一个月内训练成一支舞队，便免死获生了。

来莺儿却没有一丝喜色，她玉手轻举，仰脖将杜康一饮而尽，美若璧玉的脸庞洇出两抹红晕。她衣袂飘飘，轻移莲步，深深下拜："让我再为丞相舞一曲《长巾舞》吧。"

她手举红绸，在身体两侧环转飞旋，进退依韵，舞姿袅娜，在红绸舞动成两团牡丹花儿的时候，她飞身而起，向廊下的白玉柱撞去，"嘭"的一声，来莺儿娇躯反弹，软软地倒在地上。血从她破裂的头颅流淌出来，浸透红绸。

"莺儿！"曹操长身而起，扑过来，一把抱起她，"你这是何苦呢！"

来莺儿睫毛微动了动，朱唇轻启，却再也发不出声来，但是，曹操已经知道她要说什么了。他心爱的精灵一般的舞姬，在用生命说："丞相，对不起。"

这个一生不知经过多少大风大浪，不知经过多少生生死死、恩恩爱爱，叱咤风云、坚强无比、风流倜傥的男人，此时却情不自禁地流下两行热泪。这是曹操平生第一次，也是唯一一次为一个女子流泪！

她不知道自己的身世，从记事起，她就生活在舞台歌榭里，穿梭于琴瑟琵琶、鼓磬盘钹间。因不知身世，她便没有姓氏，养母来氏为她取名莺儿。

杨柳依依水榭旁，那个做长袖舞的小仙女儿是谁？

来莺儿。

雪花飘飘花园中，那个练《七盘舞》的小美女是谁？

来莺儿。

于是来莺儿未及花季，便已因色艺双绝而名噪京都洛阳，在洛阳，在她的杨柳小馆里，“五陵年少争缠头，一曲红绡不知数”。锦衣玉食，日夜管弦歌舞，但是，情窦渐开的莺儿越来越感到空虚无聊。她的美貌和歌舞技艺令许多王公大臣、达官显贵拜倒在她的石榴裙下，却没有一个人让她心动。

那是一个阳春，洛阳郊外踏青的来莺儿，粉衫青裙、梳堕马髻、做折腰步、描含愁眉、点啼痕妆，天生的一段娇媚妖娆，像一朵正在花时的带露牡丹。

迎面而来的便装贵人虽年过五旬，却是精神奕奕，英武超众。豪爽谈笑间，眼光一下子锁定在迎面而来的来莺儿身上。

许是三千年修来的缘分，许是心电波的共振，二人都在电光火石间砰然心动。于是，结束踏青，在杨柳小馆里摆酒开宴，来莺儿亲自献上《惊鸿舞》，那舞姿翩若惊龙、矫若游凤。宴未尽，二人已是卿卿我我，难离难分了。这贵人正是曹操。第二天，曹操便为来莺儿赎身，带着她来到军中，在战争的间隙里歌舞取乐，扫除寂寞。

来莺儿享受到了一段被英雄宠幸的欢乐。

但是，她很快就发现，曹操的女人很多，像她这样的，数都数不过来。她就像悬挂曹操军帐的黄莺儿，是一个取乐的玩物。而丞相不高兴时，连逗她玩玩也不屑。她那刚刚舒展开的双眉和笑靥就像已开百天的牡丹一样，怆然凋落。

“王图，你来自哪里？”

“许地。”

“你家里还有谁？”

“老娘。你呢？”

“我的身世嘛——”来莺儿泪落如珠，她根本就不知道父母是谁。两个人就这样成了彼此的倾诉对象，然后，成了恋人、情人。王图是曹操的卫士。

两个人共同守护一个秘密、一份情感，紧张、恐慌、甜蜜、幸福。来莺儿迎来心灵的春天，二度绽放，她的歌舞技艺更进一步。那个战争的间隙，她为曹操做了精彩表演。曹操在曲终走下台来，一把将她抱在怀里。她本能地挣扎了一下，又惶惑地顺承上意。

王图又要跟随曹操出征，他们又得有一段长时间的分别。来莺儿忍不住相思，冒险约王图在自己帐中春风一度。

就在这时，曹操发现了卫士王图不在身边……

王图被判处斩，来莺儿赤足披发赶来，向曹操坦露真情并愿意代死。

这令曹操非常惊讶，自己位高权重，却没赢得一个愿意为自己去死的红颜知己，看来拥有权力并不意味着拥有一切。那一夜，他喝了一夜杜康。第二天，他下令，免王图一死。来莺儿若能在一个月内教习新人，练成一班歌舞，便免去死罪。

来莺儿坚决地说：“训练歌舞，是我尽职。我实在无以报答王卫士真情，更无以报答丞相赎身之恩。只有一死相谢。”

曹操无暇多想便出征了。一个月后凯旋，早忘了一切不快。没想到，一个出身杨柳小馆的舞伎，竟然为情为义毅然赴死。

曹操背转身去，挥了挥手：“厚葬！”

殷虚上空的烟云

武丁扶起她同车返回殷都，一路亲自呵护照料。那年，妇好三十三岁。她死了。无论是战伤复发，还是难产而亡，她都是为武丁生死之爱和平等之敬流尽了最后一滴血。

从呱呱坠地那一刻，这个女孩已注定了不凡的命运——娲皇的嫡系，女王的骨血。

她在玉璧青铜的光灿中秋波一转，女王的属民一起唱起神秘的巫歌，为她颂扬美德。

她手臂的第一次挥动，便控制了五彩石。她貌美如花，体柔似水，却膂力过人。她蹒跚的步履第一次迈开，便走向火。她把龟甲寿骨在火上烧灼，上天便把旨意用裂纹昭告她。她侧耳聆听那龟甲不易察觉的卜卜声，那是神明的回声，她笑着对高高在上的女王叫道："巧"。

于是，她成了智勇与巫术的继承者。

商在中原，天子驾六。车隆隆，马萧萧，旗幡红幛招摇而来。这一次不为征战，是商王武丁亲自迎娶尊贵美妙的公主——巧。

女王落泪了。巧的命运已超过了娲皇与盐水女王，她将与"武丁中兴"神话的主角成为结发伉俪。女王专门冶铸磨制凝满神异魅力和超前文明的青铜与玉饰来陪嫁她，愿她永享真爱。

千古佳丽的芳馨臣伏了天朝大国的明主，武丁再赐其名：好。

妇好站在煌煌大国的的祭坛上，占卜大商的国运民生。

妇好披录甲骨文字，用心灵感知天下吉凶，决策分封讨伐，助王统治。

武丁宫室六十诸妇，而妇好独得其宠。她巧笑媚视，与王鱼水欢洽。武丁戏言：你能如乃祖女娲变化蛇身吗？妇好便盘曲起伏做蛇舞，阵阵柔韧的蠕动，从体内漾到肌肤，从指尖一直传到足底。

武丁抱妇好于怀，轻轻耳语：我情愿中了你的娲蛊！

妇好把母亲留传的土地子民归附商王，以自己的功劳获得封地，位列诸侯。她到自己的封地考察管理，整治农桑，人们安居乐业，物产丰饶。每当她携着大量贡品进京朝见武丁时，她的心在蓝天上飞翔，与殷都的帝王相向和鸣，联袂蹁跹。

真爱，来自出生入死的默契。妇好为王屡屡执钺为帅，率亲兵三千，领天朝士兵一万，带骁将禽、羽，西征北伐，拓疆定边。

那次，妇好率兵北出殷都两千里，一举挫败土方。搬师之日，武丁一直迎出二百里。这对恩爱夫妻带着各自的部属，终于在郊外相遇。久别重逢的喜悦、激动，使他们忘记了国王和王后的身份，将部属甩在后面，二人并肩驱策，在旷野中追逐驰骋，如恩爱双鸟栖于桃林。王无限怜爱地抚妇好长发说道：我为你日日祝神，日日问卜。

那一次，妇好有了身孕，为武王生下太子。

不久，巴人叛乱西南。

周南驿小姐

巴方是妇好血缘邻帮，武丁望着端坐不语的妇好，感受她玉佩丝袍的微微颤动，说："你想家了？"

妇好的泪流了下来。她沉思良久，毅然击案长身而起：战！

那一仗极为惨烈，巴方军士个个歃血为盟，志在必胜必死之间。

商军伤亡惨重，进退维谷。

武丁西望险山峻峰一筹莫展。

妇好命人起坛祭天，人血与牲血在坛前纵横交流；妇好掷兽骨于地，"卜"的一声中，她凝然不动，蓦然手起剑至，刺穿手臂，血溅祭坛。大吼一声："胜。"

那一夜，武丁搂她于怀，彻夜秘语，多少情话，多少策略都在柔情蜜意里酝酿而成。

第二天清晨，武丁依依送别妇好，让她先期回殷都养伤。将士们敬重关切地目送她带着自己的三千部众辚辚远去。

天大亮时，武丁带领精锐部队对巴方军队发起突然袭击，妇好从敌后以四面包围之势压了过来。巴军在武丁军与妇好军的包围圈中顾此失彼，阵形大乱，终于被围歼，南境遂平定。

妇好对着羲、娲、禹、盐的方向跪下，拜忏先祖，请求将一切罪责降于她一人。

武丁扶起她同车返回殷都，一路亲自呵护照料。

那年，妇好三十三岁。她死了。

无论是战伤复发，还是难产而亡，她都是为武丁生死之爱和平等之敬流尽了最后一滴血。

英明神勇的君王流泪了，他有那么多话要与她说，治国安邦的，家长里短的，人间的，天上的，没一样不需要问过她。武丁把她的陵墓建在他日日作息起居的王宫旁，再不许她离开自己身边，哪怕一刻。

他不停地问卜者：“我的妻子妇好在那边有人迎接吗？有人照顾她吗？如果她感到孤独，可有人陪她吗？”

他以为这样优秀的女人应该和太甲、成汤、祖乙共研国策。

殷墟上空的烟云转眼已散，一份真爱穿越千年，为我们诉说着武丁和妇好。

醉红颜

我在金柱玉台上且歌且舞，日夜饮酒，一颗心，两份爱，左边是夏王、右边是伊尹，我不胜重负。

公司在“桃花庄园”夏宫宴请文化名流。在甄教授面前，我不喝是不可能的。当年在伊河源头，一展巾帼风采，喝倒了一众文化人，也把自己灌得透醉。

我为此喝了一大杯谢罪，说：

“当年醉梦，记忆犹新。梦到空桑，梦到一个红面长髯的老者。”

“伊尹。”甄教授激动的反应与当年见到时的腼腆判若两人。

隔壁的商宫里监事长带着一帮南洋投资商推杯换盏，我似乎陪着甄教授到商宫敬了一轮酒，又到夏宫敬了一轮酒。

“商宫、夏宫、伊尹……”我念道。

我站起身，发现又置身在桑林中，一道清泉从山崖飞流而下。

“妹喜。”

我吃了一惊。看溪水中映着一位花季少女，身着五彩羽衣，长发委地，千娇百媚，美若天人。闻溪鸣鸟啼，自能翩然起舞，观天色水韵，自能婉转歌唱。飘飘穿行林间，则万卉朝贺；静静伫立原野，则日月无色。

“妹喜。”又是一声唤，是在叫我。

我回过头，发现不远处一个清瘦的年轻人在看我。尽管他个头不高，红红的脸庞，但一双乌黑明亮的眼睛里，透着智慧的光芒。

“挚，你来了。”我无限欢喜。

“妹喜，过来。”叫挚的青年伸出一只手。我把自己纤巧的手放在他掌中。他握紧了我说：“我要走了，到商地，到亳城去。”

“你真的要随着有莘公主一起到商去吗？她要做王后了，嫁给英武的汤。她不美丽，也不聪明，只因为她是有莘王的女儿。我是雀之灵，你是桑之魂，无父无母，所以永远做奴隶。”我晶莹的泪水滴在草叶上，那棵草变得彤红。

挚把我拉到怀里，轻抚着我的头发：“我们都不会永远做奴隶的。义父把他一生的厨艺和为人处世之方都教给我了，还允许我只身走出去，走得实在不能再走了，带着收获的食材和见闻回来。我常常在山水林木中、刀俎水火间冥思苦想，感悟很多很多。”

“嗯。”

“我要建功立业为天下民众谋利益。我必须走，到商地说服汤王成就事业。你也一样，等待机会，时机来了，一定要抓住。”

“挚，不要走。”我抱紧他的脖子，把双唇印在他的双唇上。

“你睁开眼看看我美吗？”我羽衣委地，花季胴体像一颗晶莹的珍珠。

他点头：“美，无处不美。”

他没有再看我，径直捡起那件羽衣，轻轻披到我的身上：“秋风凉，小心凉气入肌肤，侵五脏，会疼入骨缝。”

“别走。你看我有多美。”我说。

“物无美恶，过则为灾，”他转过身去，郑重地说，“有莘公主天生娴静淑良，正合汤王；妹喜天生慧黠妩媚，决不会永远流落山野。我教你们的是同样的内容，成就的却是两种性格，你们将有两种命运。”

他还是坚定地离开了，我放开嗓音呼唤他：“挚……”

莘乐沟中，只有空谷回声，一群雀儿惊飞起来，像一道雀的旋涡冲向天宇。

自从来到有施地面，我便不再听到伊挚的消息，我想我会忘掉他的。

夏王履癸大兵临境时，我是自愿进贡的，夏王高大魁梧，英勇盖世，若不是我的心中早有阿挚，一定会对他一见钟情。

周南驿小姐

我走在进贡队伍之首，神采飞扬。夏王伸手揽住我的腰肢，我还没有来得及叫一声，已经在他的怀抱里了。

我就像一朵含苞的玫瑰，为夏王一层一层打开花瓣，尽态极妍，令他爱不释手。那是一段多么美好的日子，有人告诉我挚已经在商地做了“阿衡”，我也只是微微一笑，置之脑后。

我不知道琬、琰二女的入宫是挚的策划，我只是想知道夏王为我在洛水上筑瑶台居住，是为了补偿他宠幸琬、琰二女，对我的歉疚，也是为了宠幸琬、琰二女制造方便。我日夜饮酒解忧，只有裂帛碎玉之音让我心中暂时畅快。

这时，挚来了，他带着汤王射杀的箭伤来到夏都。他教我经营君王宠爱也犹如烹调美食，要迎合上意，时时有新鲜感。

于是我扮成英俊少年，协助王处理政要；造酒池肉林与帝畅饮嬉戏……但是，王与我狂欢的时候，都是半醉半醒的，我无法判断他是真的爱我，还是对这种疯狂的享受上了瘾。

在我寂寞、彷徨的时候，挚向我伸出手，我把自己的小手放到他的手中。时隔多年，心中的感觉依旧。这一次，当我像一颗珍珠毕现时，他抱紧了我……

挚再一次告诉我，他要走了，回商地。我没说话，只是闭上眼，任两行泪滑过脸颊。

我在金柱玉台上且歌且舞，日夜饮酒，一颗心，两份爱，左边是夏王、右边是伊尹，我不胜重负。

……

我站在瑶台上，看到挚带着商卒向我走来，我惨然一笑，接过侍女手中的酒觞，迎向他：“挚，不，伊尹，你的目的实现了。”

“是咱们的目的实现了。新的王朝开始了。”

“王呢？”

“已被商汤王流放南巢。”

“哦，夏王。”此刻，我才知道，除了夏王履癸，再也不会有人给我这样的恩宠与荣耀。

我取过一觞酒，一饮而尽，再取，再饮。

“妹喜。”挚痛苦地望着我。

“你痛苦了吗？你在乎过我的痛苦吗？”我莞尔一笑，一纵身越过瑶台雕栏，没入浩浩荡荡的洛水……

“非姐，快醒醒，你怎么哭成这样？”我睁开眼，发现自己正躺在住处的床上，同事小妹在轻轻唤我。

哦，我醉了。

宓　妃

她是伏羲与女娲的女儿。她的美丽是旷世无双的，她的温柔也是天地间无以伦比的。她是水做的骨肉，水做的衣裙，水做的性子。她能容得下一切的伤害，一枝枯树枝像一把利剑刺穿她的心脏，等利剑拔出，她的肌肤又合拢一起，完好如初。

周南驿小姐

那是她小的时候，她还是天真烂漫、双足卷走、手拉伏羲、女娲的衣袖的小孩。本来，她拥有至高无上的父母，他们对她疼爱有加。但是，父母并不以为只有她一个是自己的女儿，他们把天下所有的人,甚至只要是有生命的一切——动物和植物，都当作自己的子女，一心忙着众生的疾苦荣枯，她只是他们众多子民中的一个。她像一股自涌自流的山泉，随意地在平野林间畅游，一不小心，跌落山崖，被枯树刺穿身体，动弹不得。救她的是一名挎着箭囊和弓的男子，他用有力的双手把她小小的身躯托起，将她从树枝上取下来，她的伤口便愈合了。他对着她微笑，惊讶地赞她是如水的女子。

她这时才发现，自己不知什么时候长大了，由一名可爱的小孩儿，变成了一个新月小溪般清净美丽的少女。在这个高大俊美的男子眼光中，她手足无措，心跳得按捺不住，原本落落大方的人祖之女，变得忸怩害羞，红了脸，背转身，眼光闪烁着，躲闪与男子的对视。在男子的眼里，她是一个纯真美丽，而变幻万种风情与妩媚的女子。男子探究地望着她，发现她是那样动人。

“我叫羿。你是宓。”男子笑着，亲切得像父亲。

“羿。”宓在心里说。

“我认得你，天底下，只有一个你这样的女子。你生下来就是水一样的女子，没错。”

“水一样的女子。”宓又在心里说。

宓不语，美丽得逼人的眼睛中神采变幻不定，让羿猜不透她的心思。他又笑了：真是一个水一样的女子。因为猜不透，羿觉得自己该走了，他笑了笑，长辈一样地走近这个小小的人儿，伸手拢拢宓被风吹起的长发，转身离开。

后来，宓便知道了这个男子有个美丽的妻子嫦娥，还知道他射落了同时出现在天空的九个太阳，拯救了生灵。

娇小的宓飘飘地在天地间行走，她所过之处，花木葱郁、空气清新滋润。

洛河是一条大河，在她经过的一系列河中，最清澈最湍急，她想在里面洗一下走得发烫的双足，但当她坐在水边大石上，把玲珑的双足放进水中时，双足就与水融为一体了。接着，她整个人滑下水去，与水融为一体，她在水中自由来去，一会儿水之源，一会儿水之尾，忽然跳起来，窜起一股浪花，忽然漾开去，打湿岸边一丛牡丹。她觉得自己就是洛水，洛水就是自己，她欢笑，洛水便哗哗欢唱，她高歌，洛水便大声喧嚣。她从此驻进洛河，每一滴水里都有一个她，她的每一寸肌肤都是洛水凝聚而成。

人们都说，她和漳河的主神河伯是最般配的一对儿。

那是一个风流潇洒的男子，他的俊美天下闻名。他白皙的面容，长长的身躯，经常乘了荷叶做篷的水车，驾着螭龙，九河遨游。宓被河伯的风流倜傥和无限柔情迷惑了，嫁与他做了正妻，从此叫作宓妃。

河伯却是个暴君，他每年都要娶一位新娘子来寻欢作乐，不然，就发怒涨水，淹坏村庄和良田。人间“三老”为骗取钱财，假借他的名义，在魏国邺地鱼肉百姓，他也睁一只眼闭一只眼。

周南驿小姐

河伯的妃子们有的在水滨嬉戏，有的在山崖采摘灵芝，有的在树林中拣拾翠鸟锦鸡羽毛，有的潜入深水捞取老蚌寻找明珠，欢声笑语使天地间都充满了喜气。只有宓妃独自从水中脱身而出，站在岸边的岩石上，心事重重地眺望远方：羿，此刻在哪里呢？听说他的妻子嫦娥独自吃了长生不老药升入月宫，撇下羿一个人在地上，心情一定痛苦而忧郁。

羿的确孤独而愁闷，他离开自己的部落，漫无目的地游荡着，在洛水边，宓妃闯入他的眼帘。这个柔美若水的女子，许久不见，越发出落得丰采奕奕，已经是清风作衣、霓虹作裳的洛河女神了。宓妃看到救命恩人，略显惊讶，继而欣喜。一舒长袖飞奔过来，牡丹在宓妃踏过的土地上竞相开放，飞鸟在羿跑过的天空中云集欢唱。

河伯来了，他不问青红皂白打翻了荷叶车，掳起宓妃，狠狠地向巨石掷去，宓妃的身体如水四溅开去，落在地上，艰难地汇成一股，流淌进洛水。洛水呜咽继而咆哮。

羿弯弓搭箭，全力射向河伯，正中河伯右眼，血流如注。

河伯逃回漳水，血染浊了一河清流。

羿再次踏上行程，追逐自己远去的部落。从此，宓妃安安静静做一条与古都同名的河，再也没有见到羿，也再不肯与河伯相见。

夜，即使在洛阳这样繁华了一个白昼，又喧闹了半个晚上的帝都，也一样沉静而清冷，洛水在这冰冷的、清静的夜里，凉凉地滑过宓妃的肌肤，沁透她的血液，使她的一颗心也冰凉了，冰凉得难以忍耐，她的孤独寂寞也是绝无二致的。泪溢满她清澈的大眼睛，潸然滑落，风吹拂她的长发与衣袂裙裾，飘飘摇摇。她哼唱起一首无字的悲歌，悼挽自己的爱情。悲歌在旋涡里打转，回声呜呜咽咽，像女子悲啼，一哭千载，成为永恒的“洛河夜哭”。无论古今兴衰、朝代更迭，宓妃的悲伤一如洛河，汤汤东流。

玉芙蓉

玉芙蓉是牡丹花的一个品种，色白如玉，也是唐代一个绝色女子的艺名，这个有“色如芙蓉声似玉”美誉的女子身世转蓬，最后竟成了一名酒店业的大姐大……

网友“玉芙蓉”邀请我去参加芙蓉楼酒店开业庆典，正好那天是我准备了几个月的书稿交付出版社的日期。我对她，对芙蓉楼向往已久，不能成行，心中甚憾。

因为她，我闲暇时脑子里就会跳出与玉与芙蓉有关的句子。

“爱君帘下唱歌人，色似芙蓉声似玉”。白居易的这两句诗，赞的是大唐歌女张好好，特巧，这“色似芙蓉声似玉的”张好好，艺名也叫“玉芙蓉”，一个唐朝，一个当世，都是洛阳奇女子。

唐朝玉芙蓉姓张，当世玉芙蓉也姓张，又是一巧。

周南驿小姐

我跟着洛阳网友“玉芙蓉”慢慢了解了唐代玉芙蓉。她说，玉芙蓉是唐代奇女子，有三奇：

第一奇处是出身：她出身于一个犯官之家，童年时被卖为官伎。她勤奋，她坚持，十三岁时，成了一名最优秀的官伎。

第二奇处是十三岁那年，她生命中的第一个男人、一个进士出身的伪君子粉墨登场了，此人是沈传师。此年是大和三年（829 年）。

十三岁的歌女玉芙蓉入了江西南昌观察使治所的乐籍。恰巧，沈传师以尚书右丞外放为江西观察使。

有一次，沈传师带了使府幕僚到南昌城外的滕王阁宴会，初次听到玉芙蓉的歌喉，一听之后，大为赞赏，此后，张好好在江西观察使府的幕僚中被“特垂青眼”，游玩时总要邀张好好来唱歌。这帮幕僚中有一个人叫杜牧，也就是“小李杜”中的那个“杜”。

大和四年（830 年）九月，沈传师调任宣歙观察使，又将玉芙蓉带到宣城。此时，沈传师的弟弟沈述师看上了玉芙蓉。无耻的沈传师把玉芙蓉“赠给”了同样无耻的沈述师。沈述师纳她为妾，请客时也会叫她出来唱个歌。

第三奇太和七年（833 年），沈传师调任吏部侍郎，宣城幕府中的幕僚们也各奔前程。

而玉芙蓉，沈述师对她的热度未超过两年。被沈述师抛弃后，她选择了真正属于自己的自由和事业。成为那个时代洛阳酒店业的大姐大。

“洛城重相见，婥婥为当垆”。大和八年（834 年），以

“十年一觉扬州梦，赢得青楼薄幸名”自嘲的杜牧，在洛阳东门与张好好重新相遇，张氏已洗尽铅华，开了一家名字叫“芙蓉楼”的酒店，为当时最有品位的酒店。

我好奇地问网友玉芙蓉：当世洛阳的“芙蓉楼”是你的？

她笑，不是我的，我为什么不能了解呢？

我在一家文化公司的画展上认识惠子——清瘦、美丽的女子，衣着奢华、妆容浓艳。

她拿到我的书，请签名，说：“曾经，我也梦想写几本书。”

爱书的女子，一定有很美的故事，我想。于是，没有疏远她。

那入秋的一天，惠子打电话说想跟我见面，吃个便饭，随意谈谈。我脱口而出：“芙蓉楼见。”

下午五点半一到，我穿着工装便赶到芙蓉楼，坐在临窗的木桌边，要了一杯白开水，刚喝了一口，便看到一位着长纱裙的女子姗姗而来，是惠子。

她说：“很想让你写写我，出本书，我来出钱。”

“为什么你自己不写？”

“我写出来的，是真实的自己；你写出来的，是你眼中的我——我想知道，别人如何看我。”

我抬眼盯着她浓妆的脸，真美，即使她洗尽铅华，也一样美得不可方物。天生丽质，我见尤怜，何况权贵？但她的眼神里满是落寞、伤感。

我试探地说：“你应该是年轻人励志的典范，大学本科毕业，在报社当记者，一年时间从一名不喜交际的大学生，变成了业务能手，两年时间有了自己的小车，三年抓住时机跳槽，成了种植欣赏花卉的大腕……又是五年过去了，你已经拥有别人打拼一辈子都未必获得的一切。你还在乎别人的眼睛吗？”

她的脸红了起来，眼睛转向斜前方。那里，一对年轻人正一轮一下，给对方喂饺子吃，甜蜜爱情在他们四周流溢。她又忙着把眼睛闪开，垂下眼睑。泪还是不争气地从眼角滚出来，滴在木桌上。

我似乎看到了大唐玉芙蓉当年被沈述师抛弃时的无奈与痛苦。

我说，给你讲一个“玉芙蓉”的故事吧。她流着泪，听完了我的讲述。站起来说：“让我好好想想。”

握着她的手，在芙蓉楼门口道别，我吟诵那首诗的末几句给她听：

洛城重相见，婥婥为当垆。
怪我苦何事，少年垂白须。
朋游今在否，落拓更能无？
门馆恸哭后，水云秋景初。
斜日挂衰柳，凉风生座隅。

惠子又一次说：“我回去好好想想。”

我也赶着回家，要在网上见到“玉芙蓉”，告诉她我去过芙蓉楼了。

湘　灵

不仅有口若樱桃的樊素、善舞的腰如杨柳的小蛮、色似芙蓉的张好好……还有各具姿色与才能的三百家姬，这是白居易功成名就后的奢靡生活，滥情如此的一位大诗人，也曾经有过纯情如水的初恋，那让他一生难忘的初恋情人，便是湘灵！

“长相思，在符离，

花蕊笼轻烟……”

听着湘灵姑娘深情的歌儿，白居易觉得只有自己理解她的九曲柔肠，他起誓道：灵儿，你唱这《长相思》的意思我明白，我决不会忘记你的。等到得了功名，我就会娶你的。

湘灵更深地依进白居易的怀中：有你这句话就够了。我也不求你娶我，只是能有一天做你的下人也就心满意足了。白居易紧紧抱起湘灵：不，一定要做夫妻，恩恩爱爱，携老白头。

这一年湘灵十六，白居易才二十有余。

但当有一日白居易的母亲知道了他们的恋情之后，立即表示反对。尽管白家当时已困窘到时时需要接济，但世俗门第观念让白家无法接纳一个农家女。白母与白父商量后决定让白居易离开符离，同全家迁往襄阳居住。

周南驿小姐

时值冬日，天寒地冷，傍晚，白居易在湘灵家中跟心近的人儿悄然作别，两人身体相拥，热泪相融。

长久地亲热之后，湘灵送给白居易一个香荷包和一双绣花鞋，泣言道：这是双新娘鞋，我却无缘为你穿起，现在就送给你带去吧，日日夜夜，就像我跟着你一样。

自此以后，无论走到哪里，湘灵的绣花鞋、香荷包都没有离开过他的随身箱箧。

白家还没有行动，白父突然病逝，他没有积蓄，兄弟三人不但没有能力把他的灵柩运回原籍，甚至也无力较好地安葬，这使白居易痛苦万分。一家人只好把父亲灵柩暂置襄阳县，然后一家人一起回符离居住。

白居易历尽辛苦磨难，终于新科进士，衣锦荣归符离。秋风萧瑟，九月天凉。符离又刚刚经历了一战乱——节度使夺权之战，更见一片萧瑟。

湘灵也一番辗转流离后，回到符离。他们原是两小无猜的玩伴，但随着岁月的演进，知识丰富，共同的兴趣和爱好，把两个人的心紧紧地拴在了一起。数年前，俩人就曾秘密地构想美好的未来——愿作远方兽，步步比肩行；愿作深山林，树枝连理生。

但碍于门第与礼法，白居易和湘灵，连恋情都不能公开，更别说婚姻了。即便在白居易得中进士之后，街坊邻里格外高看的符离埇桥，两人离得如此之近，也不能随意厮守。白居易因此常常在北苑饮酒，翘盼日夕。

他为湘灵写过许多和泪带血的诗，有的录在册中，有的印在心底。近日偶尔跟灵儿幽会，却是一句也无法吟给她听。农家男女到了年龄也必须婚嫁，自己连心上人儿都不能迎娶，真是枉读诗书，枉为进士，只在杯盏之间，喃喃地自我复诵，聊以排解——艳质无由儿，寒衾不可亲。何堪最长夜，俱作独眠人。

湘灵对白居易的温存和依恋，使白居易痛心，也为她本人带来无尽的悲苦。白居易不敢长住下去了，于贞元十七年离开符离，转道洛阳，准备次年应考吏部的拔萃铨试。

再度与湘灵生离死别，秋风秋雨中，一对有情人的心早已入了寒冬。

得任校书郎。转回符离，准备搬迁全家。湘灵已经二十岁，因为白居易的关系，至今不曾出嫁。白居易当然也未娶妻，如果湘灵出嫁了，他的心可能得到点安慰，或者也就娶妻成家了，可是湘灵一直孤守闺中，这使白居易心痛不已。

白居易曾经再次试探性地请求母亲，母亲比以前更固执。白居易自己也犹疑难定，除了门第差距外，现在又有礼教与吏制的制约了，他将居身于衙署之内，郊游于官贵之间，列伍于朝堂之上，有妻如湘灵者，又何以处之？然而，自己与湘灵，却是以身相许，指天为誓的啊。

湘灵十分懂事，不求婚嫁，还不断地安抚白居易，设法使他宽心。但来自湘灵的慰藉愈多，反而愈使白居易深困愁城之内，纵使日日酩酊，厚结也不可稍解。

两颗心之外，这世上没有人知道深浅，连理枝被无情分开，孤寂的寒夜，两只鸟只能各自独栖。

周南驿小姐

次年春天二月，白居易将家搬离了埇桥。这第三次离别，可能就是永诀了，白居易一步三回头，泪眼模糊中，硕大的车轮仿佛从两颗心上隆隆轧过，满世界血色淋漓。

第六辑　菁校园

绿树成荫，校舍齐整，莘莘学子，辛勤园丁，有仰慕偶像作家的女老师的故事，有闺蜜和同学之间的喜、怒、哀、乐，奋斗历程……

爱上“老相”的女人

茹因为读了作家老相的作品而爱上老相，却无缘与老相一见。茹办驾照途中出了车祸，终成遗憾……

“老相”是小小说作家，四十才出头，正年轻呢。但在青春笔会上，他却是一个老资格，大家都叫他老相。

老相的作品很写实，很生动。一类是怀旧，写幼年的种种经历；一类还是怀旧，写旧年盐河的风物。他的作品挺多，在各种报刊上发表。

茹是我同事，她教英语，我教历史，不一个办公室，本来少打交道。前年我们到外地高招监考，因为宾馆的标间安排完了，我和她被安排在一个大套间，睡在一张大床上。夜里洗澡，一边比着身材，一边说着趣事，笑得隔壁的女同事也跑过来，挤做一团，开了一宿夜谈会。第二天监考，困得差点从讲台上栽下来呢。

春节刚过，办公室很冷，我蜷在椅子上，忍着生理不适。茹推门进来，在组合式办公桌的另一面，隔着毛玻璃伸长脖子笑我："都老娘们儿了，还装少女痛经呢？"

我被逗笑，问她怎么有空来闲逛。她说："咱们去考驾照吧，自己开车上下班多方便。"

这个坐客车都会发晕的女教师也被学校那几位开车上班的同事蛊惑了。

我有些发怵："咱们都是那种精神不集中，骑个摩托都会往别人身上蹭的人，汽车的速度，驾驭不了。我不学。"她便转过来，坐到我旁边的位置上，顺手拿起新到的刊物，随意翻到一篇《吃喜礼》，瞄一眼，就盯住不动了，一口气往下看。直到看完，把书往桌上一拍，叫了一声绝。

她说真有会写文章的人呀。我拉过书一看，是老相的小小说，就调侃："老相蛮高大帅气的，见了面才让你着迷呢。"

茹说你真的认识他。我说是呀。就给老相发了一个短信：有美女看了你的《吃喜礼》，笑晕了，要去找你呢。

老相马上回道：谢谢，小小说节见。

我又调侃茹：记得上次去监考，晨起我用两只鹤嘴卡把头发挽起来，你对那对儿发卡特别感兴趣。后来我参加青春笔会，天热，也用那对儿发卡把头发挽起过，老相观察到了，在他的《镜花水月》里，把那对儿发卡用到了主人公头上。你们俩真有灵犀呀。

茹天真地说："是，我小时候姊妹多，村里有红白喜事，大家都推选二姐去吃宴席，因为二姐吃得多，且能吃肉，派出去不吃亏。老相的《吃喜礼》把这种事写活了。"

茹去学驾驶了。每天赶得急急的。却总忘不了到我桌上翻报刊，凡是老相的作品，都细细地看，还真惦记上老相了。

五月份，中国郑州小小说节的日程很紧，老相挨桌敬酒，对我说："广场赠书时，镜头都对着你的脸拍，他们没发现你最美的是一双脚，每一只脚趾甲都描着彩，镶着钻……"我调侃："专门给你提供素材来了。"

一回到学校，茹就问："写小小说的人都去了吗？"

我故意说个"嗯"便不做声了。她犹豫了半天，红了脸问："写《吃喜礼》的也去了？"

"是呀，他还不趁机大吃一顿。"我突然想起曾说过见到老相时，一定把茹介绍给他，但我忘了说。

茹低了头，就看到了我的脚，惊叹一声："真美，我也去做一个。"第二天一早，她就跑来找我欣赏她的脚。我脱口说："老相如果见到你的脚，一定会细细描绘到他的作品里。你俩的审美真一致。"

茹痴痴地望了我："我怎么能参加你们的笔会呢？"

我逗她："好办，你也写作，或者翻译外国作品。等你写出来作品，让老相帮你推荐。"她的眼睛亮起来。欢快地跑走了。茹依然常常来打探老相的消息，却没有一篇作品写出来。

我在网上遇到老相，说有人看上他了。老相一乐："看上我就让她来找我吧。"

我打过去一个鬼脸：“哼哼，人家是俩孩子的娘了。我给你们牵线，岂不成了‘王婆’？”

暑假里，茹每天学习驾驶，晒得黑黑的。

我每天睡到自然醒，然后上网，写作。一天清晨，我梦到茹贴着地面平平地飞，一边回过头来，向我微笑，挥手告别……我想问她去哪里，一动便醒了。

过了两天，学校打电话通知参加茹的追悼会——茹一大早骑着电动车去办驾照，被超速的大客车撞得飞起来，飞出去十多米，跌下来，便死了。正是我做梦的时候。

我放下手机便上网把这个消息告诉老相，老相说：“你又来给我提供素材了。”

我说：“是真的，茹看了你的作品，爱上你了。现在她死了。”

老相沉默好久，我猜他可能对着屏幕，双眼眨呀眨的。

然后，老相说：“茹就是你吧？”

切！

他不信。如果他相信又会怎样呢？

别样人生

那天，我正要赴朋友之约，敷衍浩的父亲说让他辍学打工吧，于是，浩过起别样人生……

一入冬，天黑得早，夜就长起来。周末的夜晚更是寂寥。

女友打来电话，约我去舞厅逛逛。我飞快地收拾厨房残局、收拾自己、穿上羽绒服出了门。夜风迎面吹来，冰凉如水灌顶，不由得拉紧围巾。

一曲下来，因为穿得厚重，脸上身上都细汗涔涔。我们几个都脱了羽绒服，我帮女友拿着大家的衣服走到舞厅的最里间，敲开只容得下一张床那么小的音乐房，一个瘦瘦高高的男孩一边注意监视音响，一边问我们："有什么事？"

我听他的声音挺熟看他侧对着我的样貌却不认得。犹犹豫豫地说："能不能麻烦你，把我们的衣服放在这里。"他一下子回过头来，盯着我仔细看了看，惊喜地叫道："丁老师。"我这才看清了他的脸，原来是浩——三年前我的初二学生。

……

当年浩已经十五岁了，比同班的其它同学年龄大一点。个子很高，瘦长的脸，很苍白。上课的时候，他总是睡觉，拉起来一会儿，就又趴在桌子上了。久而久之，只好由他去吧。

也是这样酷寒的冬日，浩一连几天没有来学校。我询问与他同村的男生，男生说："他家出事了。"

"出事？什么事？"

男生稚气的脸上做出特成熟特认真的样子说："他妈死了，误食了他爸药老鼠的馍。"

"真的吗？"我惊讶不已。

"我会骗你？他爸去扫大街，把沾了老鼠药的馍用蓝子挂到她妈够不着的地方——就怕她吃。谁知她攀高上低地找出来，吃掉了。”

“他爸是扫大街的？他妈脑子不正常吗？”

“您还不知道？他爸就扫您家前面那条街，每天下午扫一回，早上 3、4 点钟起来扫一回。浩整天瞌睡，就是因为他得老早起来帮他爸扫街。他妈不是太正常，总怕他爸不叫自己吃东西。家里没人时，生面生菜也偷着吃。”

我立刻谴责自己：做为一个班主任老师，只图自己方便，简单地把孩子从座位上拉起来，却没有耐心问问他究竟为什么会瞌睡！孩子的母亲是有病，也许在增添麻烦的同时，给他的家庭也增添了不少温暖。家里唯一的女人，误食了毒药离开了他们父子，那是怎样一种伤痛！

我给浩写了一封短信表示慰问并劝他早日返校，托他同村的男生捎给他。

夜深人静时突然被窗外刷刷扫地的声音从梦中唤醒，便想起外面扫地的是不是浩父子两个？

第二年秋天一个阳光灿烂的周末，我应朋友之约正要出门，一个四十多岁的黑黑瘦瘦的男人拦住我，嗫嗫嚅嚅地说：“俺那孩子是你班的。”

“哦，叫什么名字？”

“浩。您对他太好了，从来没有打过他，还给他捎信……您真是太好了。”

“浩，现在做什么？”

“他想出去打工，我想叫他上学，您能不能跟校长说说，叫他重新去上学？”

于是我违心地说："找校长很不好说。再说，他耽误这么久，去了也跟不上，他也那么大了，不如让他去打工吧。"

浩的父亲呆了好久，慢慢地回转身，走了……

这天晚上在这灯光舞影中，在这狭小空间里，遇到了我的学生浩，我突然发现自己一时怕麻烦，竟然断送了浩的求学之路。

浩站起来，他已高过我一个头顶了。看着他热情地拿出毛巾，掸掸本来不脏的椅子，接过我们的衣服放上去。我喉头哽哽地说："谢谢。"

浩瘦长的脸上挂着一如当年的腼腆笑容："老师，您去玩吧。"

跳舞时，我开始一遍一遍地对伙伴们说："那是我学生。"

同伴们都笑了："说了快十遍了。"

舞会结束的时候，和女伴们分路而行。我离家很近，一人步行在街灯下。

"老师。"

我回头看，是浩推了自行车追上来。三年时间，浩已经长成了一个青年了。

"这些年你吃了不少苦吧？听说你到外地打工了，什么时候到舞厅里来的？"

"每年都在春天和秋天时去外地打工，天冷了，我爸有关节炎，我就得在家照顾他。"

"唉……"我长长地叹息着，不知怎么说才好，"当年其实你可以回到学校重读的。如果……"

“老师，我就是回去再上两年，也学不了什么。”

我们两个静默着，一路谁也不说话。

“孩子，你吃了不少苦吧？”

“嘿嘿，没事。”他笑得真憨厚，越发地让我心里发疼。

“孩子，到了社会上，一是要学得精明一点，不该吃的亏坚决不吃，要有骨气；一是对人要真诚，给谁干都不能捣鬼。你想，人家能做领导，能做老板，定是有过人的精明之处，一点点小聪明岂能识不破？”

“老师，我记下了。”

我到了家门口，望着浩骑上车子驰进夜幕里。我从心里为他祝福：多好的一个孩子，愿他的一生平安顺利，幸福常伴！

窗帘有一个故事

一起从学校走上工作岗位的闺蜜，秉持不同的工作理念，在岔路口越离越远，陪伴我的只剩一挂窗帘……

大学毕业那年，一家国内知名的大公司录用了我和好友丽。大公司办公环境一流，有着完善的培训制度，且福利待遇优厚。我为自己的选择感到满意。

我们两人租了一间单身公寓。上班后的第一个周末，我专门挑选一挂喜爱的窗帘，决心在这个城市安家立业。

人才济济的公司里，初入职的我只是一个不起眼的角色，虽然是个文员，但平时干的都是打杂的活，日复一日毫无新意。更让我灰心的是大公司职位很稳定，留给我的上升空间很小，难道我只能在这样的角色中一直干下去吗?

看到当初进了规模较小的公司的同学有的已做了主管，有些沉不住气了。丽也正为此苦恼不已，说，与其在大公司碌碌无为，还不如找家小公司施展自己的抱负。

丽还在我犹豫的时候，已递交了辞职信，重新加入求职人流，很快就被一家小公司录用。她搬进了公司宿舍。单身公寓里，只有这挂我喜爱的窗帘每天晚上默默等着我、陪着我。

我在跳与不跳的彷徨中在公司一干就是三年。工作总算有了起色，其间得到一次到国外短期培训的机会。回国后，我的位置有了调整，从事的工作也具体了。

丽跳槽后，虽然很快做上了部门经理，但小公司制度不规范，公司高层决策朝令夕改，使得丽无所适从，备感压抑，于是频频辞职。由于把大把时间花在了试用期上，丽的收入大打折扣，好几次都是靠我接济过的难关。

看到丽目前这个状况，我庆幸自己当初没贸然辞职。回头看看，三年时间虽然不长，但我已从当初那个羞涩、拘谨的小姑娘，成长为一个成熟、干练的白领丽人。而最让我踏实的是大公司收稳定，使我积攒了一笔不算少的资金，足以抵挡暂时失业的风险。

接下来的三年，我大部分时间干得顺风顺水，但也有一次想跳槽的经历，差点付诸实施。

周南驿小姐

那段时间，虽然工作比较出色，但职位还是原地踏步，想公司中层大都 30 岁左右，个个精明干练，我被提升的希望是渺茫，不免有些沮丧。

这时，我的顶头上司换成了一位和我年龄相当的女孩。她在别的部门时，对我在这个部门的资历，能力有所了解，所以，她一上任就对我有了戒备之心，怕我功高盖主，将来对她不利。于是，平时工作中，她死死不放，她经常在会上会下含沙射影地嘲讽我。我实在忍不下去了，就和她大吵一架。吵完后，我的心情极度恶性劣。那天晚上，我失眠了。

第二天，我昏昏沉沉地爬起来，稍事漱洗便下了楼。也是忙中出错，我到了楼下，却发现手机忘在了家里。我又回去取手机，然后赶到公交车站。说来也怪，平常 10 分钟一趟的公交车，那天等了 15 分钟还不见影子。我忙拦了辆的士往公司赶，偏偏又遇到堵车。赶到公司时，我已经迟到一个小时。

公司的考勤制度很严。女上司认为我是故意迟到，便小题大做，让我写检讨不说，还把检讨贴在走廊里“示众”。那几天，我被女上司弄得抬不起头来，不由萌生了辞职的念头。

就在我四处联系新的去处时，公司分派我主持一项新的设计任务。我把跳槽的念头先放到一边，全身心地投入到了工作中。那段时间，我和同事查资料，请教专家，反复修改设计方案，忙得没日没夜，终于拿出了出色的作品。我和同事为此得到了公司物质上、精神上的奖励。

这时，有一家公司向我发出了邀请，并承诺我过去后直接担任部门经理，薪水也不比我现在的公司低。跳，还是不跳？

对我来说，真是个难题。想不到的是，公司一项新举措打消了我跳槽的念头：公司又新组建了一个设计部，根据我多年来的表现，公司高层委任我为新部门主管，薪水不仅提了两成，还给我配了辆轿车代步。我还得到一套房子。

搬家的时候，我望着在微风中飘荡的窗帘，伸出手去，恋恋地抚摸，这是我精心挑选的，这些年，在每个孤独的夜里陪伴着我。我想把它带走做个纪念。这时房东，带着一位大学刚毕业的女孩走到门口看房子，我看到她身上那种青青涩涩一如我当年，便缩回了欲摘掉窗帘的手，告诉她，窗帘有一个故事。

红樱桃

陪着娟走过了漫长的疗心的过程。一年后，她专门打电话来，说收养了一个女婴，小名樱桃。她约我："小樱桃很可爱，像你，你来看看呀。"

立夏刚过，就是吃樱桃的季节了。

娟家有一棵樱桃树，每到樱桃红透，晶莹得像挂了满树的玛瑙，她就会在放学路上约我周末到她家去吃樱桃。

娟的父母年龄很大，都退休了。她的哥姐都在市里工作成家了，家里很安静，我一敲门，便打破了安静。娟的母亲一边答应，一边打开门，高大肥硕的身躯跑得颠颠的，高大的嗓门叫着娟："快快快，你同学来了。你拿个碗，摘樱桃。"我忙说："你歇着吧，姨。我和娟一起摘。"

娟这时才放下看得入迷的小说，从屋里出来。她喜爱读小说，喜欢沉浸在精神世界里。同学们不喜欢听她的絮叨，同样喜爱读书的我，成了她最好的听众。她絮叨的书里的内容，我也都读过，所以听得懂。

我们站在高凳上，摘下许多樱桃，她的母亲站在一旁说："我们都不吃，你喜欢就多摘点。"

我们把洗好的樱桃拿到娟的房间，我歪在她的床上，跟她讨论某一本小说的人物。她很自怜，很想把自己想象成林黛玉般的人物，但是她很胖，像她的母亲、姐姐们。我以为她的胖是遗传基因，她说是高二那年她得了一场肾病，打激素药造成的。一向认死理的我破天荒没跟她较真——为了樱桃。

我们很快高中毕业，我上大学走了。她到党校就业了。

我读大二的时候，她突然到我宿舍找我，说她已是这个城市党校的学生。我去她宿舍看过，她们两人一间房，跟她同住的是本市人，周末都回家了。其他的同学都是成年人，有工作有职务的，带着工资来进修。我的父亲是工人，母亲做点小买卖，到了市里，总觉经济紧张。所以，她约我出去玩，她请客的时候，我不好意思地客气一句，便由着她买单了。那是一段很快乐的日子。

她约我去同城另一所高校看一位男同学伟。她说《红楼梦》里一个女孩子说："同名即是夫妻。名字音同应该是有缘份的。"她问我高二时，有人说我和伟关系很好。我否认了。她说:

“如果你们没什么，你帮我们撮合一下吧。”我才知道她绕了一圈的谈话是为了这个目的。便陪着她找到伟，和他们一起看电影。他们边看边聊时，我竟然在旁边睡着了。只记得临别，她借了伟的一本书。

之后很长时间没见到娟。又见她已是第二年初夏。她穿着一件粉色柔姿纱上衣，在操场望着我笑。我和她坐在草地上，想起她家的红樱桃。她说：“我跟伟又见了两次面，在公园里，伟说他以为是你让我帮忙找他的，没想到是我找他。伟说你天生的一种诗意气质……他很在意你，我想，如果你出面去跟他说我们俩的事，一定能成。”

我皱起眉头，说不想参与他们的事。娟说：“你毕业后有什么打算？你需要不需要我帮你联系一下工作的事？”

这让我觉得受到了威胁，猛地站起来，说分到哪里都行，你说的这事我不会去做。

我离开了，留下她一个人在操场上哭。大学毕业后，我因为种种原因分到乡下教书，两年后才回到城里，娟的父亲也死了，她也没能留在市里。当然，她和伟也没有发展下去。伟分到一家企业，很快独当一面且和厂里一名很出色的女孩结了婚。

再到娟家吃樱桃的时候，我们的心情都很复杂。她谈了一位高中教师，家里很穷，年龄不小了。而我也决定不再对远方的那个人守候。不久，我们都结婚了。有孩子的日子很忙碌，在街上遇到卖樱桃的，随手买来。摘樱桃的乐趣早没有了。

又是六七年过去了。

正是非典时期，那天下午，她来找我，问我可知道婚姻中的“七年之痒”。然后，她便呆呆发愣。我问她有什么心事，她便说起伟，说他的一切。说她每天早上六点都睡不着，起床到刘伶广场，给伟打电话，伟总是耐心劝导她。我陪着她绕着小城转了一大圈，终于弄明白，她依然爱着伟，幻想和他在一起，一定生活得很好，毕竟那高中老师太实在，太木讷。

天晚时候，我们分手了。第二天，听说在她那个居民小区有一个五岁女孩和伙伴躲猫猫，从阳台掉下来摔死了。正是娟的女儿。娟又住回了娘家，正是初夏，樱桃红艳艳的挂满枝。

我摘下一碗，陪着她，听她絮叨女儿的点点滴滴。我以为她会疯掉，她不停吃镇定药，想起来就给伟打电话，伟总是耐心听她诉说。而那个高中老师总是默默站在旁边，照顾她的一切。

陪着娟走过了漫长的疗心的过程。一年后，她专门打电话来，说收养了一个女婴，小名樱桃。她约我：“小樱桃很可爱，像你，你来看看呀。”

我很喜欢，决定去看小樱桃。又是樱桃红了的时节。

母亲那双手

我想起了自己初中时，一点小事给心灵造成的伤害，立刻查找她家的电话，打了过去，她果然还没睡，家长问她为什么不高兴，她却不肯说。

步入重点初中的大门，我比小学时更加迷恋小说，常常沉溺于一个个虚构的世界里不能自拔。并且整天和班里几个不安心学习的女生混在一起，一起旷课躲到宿舍闲聊、一起买了零食边吃边四处游逛……

那天，天阴阴的，老师情绪不好，表情严肃地讲着课。我低头在抽屉里拿出《收获》，沉浸在成年人的纠纷里。好友张欣递过来一张纸条：“你看李她 ×× 的脖子，脏得像抹了机油。”班主任袁老师的目光刺了过来，直直的盯着我手上的纸条。

要藏已来不及，字条被老师收去。我们还没来得及听清楚袁老师训我们些什么话，就被他一个个从座位上拉起来，推出教室。

我们在教室的门外站了一节又一节，羞耻和害怕中总希望老师能走过来说：“进去吧。”可是半天过去了，袁老师在我们身边过来又过去，总是严肃地绷着脸，没有一丝的缓和余地。

下午放学后，我们来到袁老师办公室，请求他让我们进教室，他看了我们一眼，转过脸去冷冷地说：“明天把家长叫来。”我们呆呆地站了一会儿，看到没有缓和的余地，无可奈何地退了出来。

在极度的失落、惶恐中，我们携手走向城外，来到小河边。夕阳在阴云间隙露着半张殷红的脸，乌云被染上一道金边，河边的水葵花黄得刺眼。我们不敢叫家长，相依坐着，什么也不想，也无法可想。张欣是一个早熟、懂事的女孩，我很依重她：“我们怎么办？”她摇摇头，然而又鼓足勇气：“别让家长知道，我们每天到这里拔水葵花，晒干还可以卖钱。”得到她的主意，我们假装无事回了家。

忐忑不安地吃过晚饭，母亲在家中唯一的电灯下为我做鞋，鞋子是软软的塑料底，淡红格子的鞋面，样子精致好看。母亲一针一线认真地做着，那双手粗糙而布满冬天裂开至今未愈的口子……望着自己纤长白嫩的手，我鼻子里酸酸的，眼睛湿润了。都说我长得像母亲，特别是这双手。可是母亲的这双手从二十岁独自担起赡养外婆的重任，如今又加上了我和妹妹这副沉重的担子，已磨砺得外形笨拙，皮肤粗糙。

我赶紧背过脸去，不让母亲看到我的泪……

第二天一大早，我就来到小河边，张欣也来了，我们采了很多水葵花，接连三天，把小河两边的土坎都摆满了，我深信她的话，希望水葵花卖了钱好送给母亲，给母亲一丝的补偿。

第四天，张欣家里知道了这件事，把她叫回家狠狠地教训后送回了学校。

这天下午，我独自一人拔水葵花。默默地对着夕阳，心里是多么失望、无奈、悔疚，还有太多太多无助……

晚上，母亲依然在灯下为我们做鞋，用她结满老茧的手……我捂在被子里流了很多泪。我不知道该怎么办。

早晨起床的时候，母亲说：“穿上新鞋吧，旧鞋小了，穿起来脚要变形。”我穿上母亲做的鞋，来到小河边坐着，看清凉的晨风吹过田野，远处是同学们在跑早操。望着脚上美观舒适的鞋子，我觉得心里像刀割一般，泪水不由自主地流。

我飞快地一直回到家中，望着正在为我煎鸡蛋的母亲，泣不成声。她静静地听完事情的原委，默默地端过饭菜给我，我看见她的手在微微颤抖……

辛苦的生活使母亲的脾气变得很差，常常因为一言不慎，便会触怒她。我瑟缩着，等她的巴掌劈头盖脑落下来。可是母亲只是叹气，叹得我的心揪做一团，不知道一脸痛苦的母亲怎么样来解决这件天大的事。

母亲一声不吭地找到邻居青叶姨，请她去学校时把我带过去，向老师求个情，让我进教室。

返校读书的日子，我一直害怕正视袁老师的眼睛，远远地回避他。

张欣退学了，我失去可以一起搞怪的伙伴，只好读书。

几年后，我也做了一名老师。

期末，放假前，班里要给每位学生退五元钱，退一个人，就在名字后面打一个勾。大部分学生都领了钱和通知书高高兴兴回家了。还有一少部分没有领。两个月后，新学期开始了，孩子们都升入高年级学习，我也忘了退钱的事了。

一天晚饭后，一个城边村里的女生在校园拦住我："非花老师，我没有领那五块钱。现在我想买书，不知您……"

我突然想了起来："哦，是有几个人没领。我这里有名单，你跟我来看一下，如果你没领的话，当然要给你。"

我找到名单，可是在她的名字后面却打着一个勾！

这个女生在我班里是一个很调皮的学生，任课老师没少反映她上课纪律差。早读课上我亲自没收了她写的小字条。我无可避免地犯了印象主义错误，生气地说："你的品质怎么这么恶劣？你没钱我可以借给你，送给你也可以的。你怎么能欺骗我？”

女生黑黑圆圆的脸涨得通红，大着嗓门争辩：“我没有骗，我真的没领。”

我马上要去上晚自习了，顾不上和她多说：“请你出去吧。回去好好想想，一个不诚实的人，早晚要得到惩罚的。”

我上自习去了，不知道女生站在我的办公室门口哭了多久。

下晚自习的时候，我回到办公室，儿子正在我桌前写作业，拿着笔在旁边的纸上顺手画着，我立即警觉：“你是不是在我这个名单上乱画了？”

儿子说：“可能吧。我在想作业题，顺手画了什么，我也没在意。”

我拿起那个退钱的名单仔细分辨，果然女生名字后面的勾和我打在别人后面的勾不一样！

出去找那个女生，她已经回家了，她住校的同班的同学说：“她一直哭了一堂课。她说，五块钱她可以不要，老师说她欺骗，品质恶劣，让她太伤心了。”

我想起了自己初中时，一点小事给心灵造成的伤害，立刻查找她家的电话，打了过去，她果然还没睡，家长问她为什么不高兴，她却不肯说。

我向她真诚道歉，并且说要亲自把钱给她送去。

她和她的家人说：“没事的，第二天我们去找你。”

同窗常君

他爽朗地哈哈一笑："老同学果然深刻！其实许多的事，都是无需细细详谈的。只要一种理解。"

一天，路过社区医疗所，妹妹的同学在那里当护士。从玻璃门看到我，神秘地招手叫我过去，附在我耳边说："里面有一个帅哥，说是你的崇拜者。"

我进了给病人输液的里间，看到我的老同学常君正斜靠在床上输液。

常君的确帅，1米80的个头，英俊潇洒。初中时我们同班，他是班上女生们的偶像。一二十年过去了，男人过了三十岁，反而平添了许多成熟的魅力。我向他问了声好。常君招手让我坐在旁边："一个人正闷得无聊呢，就碰上了老同学，坐下说会儿话吧。"

我想起来初中时的事，就笑了起来："你还记得我们同班时，早上都是起得非常早，那一次我先到，点着蜡烛看书，你来了以后，可能是没有火柴，却不敢到我跟前借火。"

常君也笑起来："当然，我们同班了那么久，竟然没有说过一句话。有时很多问题想向你请教，却没有那个胆量。"

我也觉得挺有意思地说："你那时是女生们的偶像，众目所归，俺哪敢冒天下之大不韪，去找你说话。其实也很想向你请教一些问题呀！”

“想跟你说句话，又怕你不理我。”

“我以为你从来也没注意我，也许和你说话会让你讨厌。”

……

就这样谈论着上学时的趣事。很快，常君的液体输完了。我去叫护士来给他拔针，护士妹妹和不知什么时候来的小妹妹都在那里笑得合不住嘴了。

我莫名其妙地问：“笑什么？”

她们忍住乐：“笑你们两个对着灌‘迷魂汤’。”

……

几个月以后，常君开了一家电动车专卖店，当时是汝阳县的第一家。

我买了一辆电动车，于是就和他有了些关于电动车的来往，一天，车有了点小毛病，修车的师傅说要修很长时间。常君请我坐进店里，又闲话起老同学们的事情，就提到了一个老同学 Y 的妻子。Y 是一个很实在又很有才华的人，跟他的妻子闹了点矛盾。我说：“Y 的妻子应该好好珍惜家庭，好好考虑一下孩子……”

常君说：“就是，这说明老同学你很识数，如果大家都像你这么识数就好了。”

常君的这一番话，确实在我后来处理许多事情的时候，起了作用，事到临头，都是想一想，会不会给人一个“不识数”的笑料呢？

于是就慎重又慎重了。在心中也对老同学佩服之至，他不仅有才华，一表人才，而且处事稳重，兼顾家庭，一儿一女，聪明可爱，妻子貌美且温顺，真是神仙日子了。

初听说常君婚变，立即回说："不可能，不可能，我老同学不是那种人。"

后来，这场婚变闹得沸沸扬扬，无人不知了。婚变的主角远走天涯。

我依然不信。

但是不信又能说明什么问题呢？在街上望着S妻子那张日见憔悴的脸庞，就想问一问老同学是不是"识数"。

和同事到上海去的那次，终于有机会见到在那里发展的常君。我们在东方明珠下等他，他风光无限地笑着，向我们走来，完全一副大都市人的气派。大家边走边谈，常君不断询问着家乡的事情和家乡的人，字里话间毫不掩饰对家乡的眷恋。我在心里暗猜：他难道不想念一双可爱儿女和贤惠温顺的妻子吗？

坐在咖啡屋里，我终于还是忍住了，不去谈他的一切，话题就显得很勉强，很多的时刻，都是沉默着，各想各的心事。

常君终于很有风度地往椅背上一靠："老同学，你看的书多，听到的事也多，一个人做一些事，到底对还是不对呢？应该没有一个唯一的标准。就像我们小学的时候，1＋1就是等于2，错一个百分点都不对。到了初中、高中、大学，数学就有了更深的内涵。一个问题也就有了许多答案。年轻的时候是单纯的，一把热情，一颗红心，一条光明的直路……说起来也没什么不好的，但是多年以后，才知道路有千条万条，曲折坎坷的前面风光无限，一种全力拼搏了，尽情燃烧了的人生，才没有遗憾。”

对老同学的聪明和颖悟，我还是佩服得五体投地，他一下子就猜出了我心中的疑问。我点头表示理解：“当然。一个问题会有许多解法。人常常面对两难选择，鱼和熊掌不能兼得时，那要看你把哪一个当做鱼，哪一个当做熊掌。”

他爽朗地哈哈一笑：“老同学果然深刻！其实许多的事，都是无需细细详谈的。只要一种理解。”

……

叶落天凉，秋又去冬又来。

再在街上见到常君的妻子，是前几天的事了。一双儿女围在她的旁边，我微笑对她点头。她幸福地说：“常君叫我带孩子过去吃饭。”

常君什么时候回来了，我还不知道。他是“识数”的人，我坚信！

华三儿同学

一转眼，又过了二十年。整个县城发生了翻天覆地的变化。突然想起华三儿同学的那些创意，竟然和当下不差上下。我开始向同学们打听她的下落。

今天走在街上，突然有个人叫住我，定睛一看，原来是我高三时的同学华三儿。多少年了，她并没有显老，还是那副模样，高高壮壮，一脸的淳厚。

我一眼就认出他来了。

当年，我们在一个班里准备迎接高考，班里有四五十个人，女生、男生各半。

我坐在第四排中间靠南路的位置，右侧同桌是一个白胖而矮的女孩子，自称“大白萝卜”。“大白萝卜”的前面是玉品，玉品的右边是华娟。

华娟老迟到，老师问她原因，她就说：“我妈进城给我爸做饭去了，我自己做饭吃，来晚了。”时间久了，如果她迟到，我和玉品就笑她：“你妈又去给你爸做饭了吧。”一开始，她很惊讶，一张圆扁脸上，平时迷迷糊糊的小眼瞪得溜圆：“你们怎么知道？”

我们就笑了。笑的次数一多，她心里也悟到点什么，我们再这样说时，华娟就冲我们一晃结实的大拳说：“再笑，你们给我招呼着。”“招呼着”是本地方言，意思是让对方小心，她要给对方厉害瞧瞧。也可以理解为让对方照顾她。

我和玉品当然取了后一个义项。

我玩笑说：“你也不害臊，这么大了，你妈妈都不‘招呼’你了，你还让我们来‘招呼’你。”于是大家又哄笑起来。

华娟有一次对玉品说她要当老师，玉品把这个话告诉我。我立马叫华娟为华老师，后来觉得不够料，就隔着“大白萝卜”和玉品商量：“老师者，先生也；先生者，英语叫做‘SIR’。华先生英语爱好者也，将来做了英语老师，那就该叫做华

‘SIR’。”

前后皆大笑，以后就呼华娟为“华三儿”。华娟哭笑不得，无奈大家都这么叫她，不答应也不行。

我们就这样在自习课上，捣蛋搞笑，“华三儿”从来不同流合污。因为母亲到城里照顾生病的父亲，“华三儿”干脆三餐都到学校食堂吃了。她人高马大，每顿饭都吃得下两个“杠子馍”。

这天要统考历史，“华三儿”背得格外认真，她拿着做好的卷子，“一 C、二 B、三 A、四 E……”摇头晃脑地背。我在背自己的书，没有听出问题。玉品在那边叫我，让我听听“华三儿”背的是什么。我一听，马上笑起来。那选择题每次的选项和次序都是不同的，这样死背答案简直是浪费时间和力气。“大白萝卜”不知何故，一个劲追问。我就让她自己去问“华三儿”复习的是什么。

“华三儿”发现我们在笑他，气愤愤地回过头来：“你们笑什么？马上要考试，你们不学习。人家在学习，你们却笑人家。不用你们能，将来我考上了大学，出来以后当了干部，穿着黑明的皮鞋从你们家门前过的时候，你们正往菜地担粪呢。我连理都不理你们。”

“哈哈……”我笑得趴在桌子上，用拳头捶着桌子。玉品笑得不停擦眼睛。“大白萝卜”、“华三儿”也都有她们自己的理解，她们也从心里被逗笑了。

后来听说“华三儿”最终也没有考上大学。许多年后的今天，突然见到“华三儿”，又想起当年的玩笑，我故意围着她看了一圈。她果然是黑皮鞋明亮亮的，穿着白衬衣，夹了一个公文包，一副乡下干部的样子。

我终于忍不住笑弯了腰："我以为你当了干部，真的不理我这个种菜的了。"

她一本正经地笑笑说："你都当老师了，不是种菜的。"

"老师就是园丁，一样是种菜的。"

"别笑话我了。我现在正在搞一个创意，寻找投资者和有关领导的支持。你也来签名支持一下吧。"

"什么东西？让我看看。"

她打开公文包，拿出来一份打印好的文件，原来，是关于保护环境资源，把人居区迁往山上，让出平原耕地，这样一方面可以节省土地，另一方面山坡绿化好，人居环境可以得到改善。据有关资料论证，如果计划成功，人们平均寿命可增长10岁。

我说："真想不到我的老同学有这么高远的见识，只是实现起来怕是有困难吧？"

"正在不断找有关领导支持呢。如果能够实现，老同学要帮忙呀。""华三儿"踌躇满志地说。

我唯唯答应着，不知说什么好了。玉品大学毕业后，又和我成了同事，我和她说起遇到"华三儿"的事。

玉品说："她一直复习了好多年都没考上大学。年龄大了，回到家里，又不会干农活。最后在村子里当代课老师了。家里给她介绍对象，她又不要没文化的男孩。一直还没有结婚。这不，前两天还到我老公单位游说搬县城的事。可能精神不正常了。"

也许“华三儿”真的因为一直没有实现理想，郁闷得精神不正常了，也许是她永远那么不切实际，那么呆板不开窍。唉，我这个同学，怎么忽然就让我想起了孔乙已了。

一转眼，又过了二十年。整个县城发生了翻天覆地的变化。突然想起“华三儿”同学的那些创意，竟然和当下不差上下。我开始向同学们打听她的下落。有人告诉我：“她呀，依然单身，开了一间店铺，卖化肥兼修轮胎！”

第七辑　小亲情

人生最重的，莫过于亲情，亲情体现于生活的一个个细节里……

不老的传说

当城里全是冷面青春美人时，男人们也全部失去了欢笑。这些被青春与美貌排斥的男人再也无法容忍这个世界，他们已经被失恋和焦虑折磨得一个个未老先衰。一帮小老头们经过一番商量，一起离开了小城。

佳眉想留住自己的青春，因为她太美了。她害怕时光把美貌带走，最后留下一个鸠皮鹤发的躯壳。

每天对着镜子拍爽肤水时，她模仿童话里的语调，幽怨地询问："镜子镜子告诉我，怎样才能不会老？"

镜子却一天天告诉她，她红颜将逝：眼角细细的皱纹，鼻翼两侧隐隐的法令线，若有若无的眼袋……这都是青春走过的脚印。

要想留住青春与美貌，关键就是阻止这些皱纹。

佳眉开始处处留心防皱窍门。有一次到大城市出差，在洗手间，她听到两个年轻美貌女人的谈话。

一个问："你的脸怎么保养得这样好啊？到底用了什么秘密武器？"

一个说："其实什么秘密武器也没有，只要自己注意避免大喜大悲就行了。因为女人只要遇到大喜大悲的事情，脸上的皮肤和肌肉就会大幅度地活动，活动得多，形成的皱纹就多。鲁迅说过：地上本来没有路，走的人多了就形成了路。人生下来时本来是没有皱纹的，脸上的皱纹也是那些悲喜之情的脚走得多了，留下的痕迹。"

出差回来，人们再也没有看见佳眉开怀大笑过。大家猜测不出她出差期间遇到了什么大事，竟足以让她失去快乐。只有她自己知道，她是在故意躲避笑，同时，她也在故意躲避着悲。单位里有人去世，她总是要找个借口不参加追悼会。就连乡下的父亲去世，她也借故出差在外不回去奔丧。她面对自己最爱的人，也是一副冷冰冰的样子。佳眉害怕男友的亲近，担忧激情令她表情发生猛烈变化，青春便被损耗了。

仅仅三五年时间，佳眉就从自己的脸上确认了这样做是非常有效的：比起她的许多同龄人来，她脸上的皮肤明显地光洁润泽多了，几乎看不出什么皱纹。因此，越来越多的人都羡慕她："真是越活越年轻，越活越鲜嫩"。

自然，远远近近的姐妹们都希望把她的防皱秘诀学到手。佳眉并不对此守口如瓶，只要有人问她，她就如实说来。别人半信半疑，她却说得非常认真。

爱美的女性们便开始控制自己的喜怒哀乐，生活中的一切都让她们麻木不仁了。小孩子的欢笑和老人的关爱都引不起她们丝毫感觉。男人成了她们最大的敌人：从前，他们操纵她们的喜怒哀乐，现在，她们让遥控失灵，无论他们宠爱、厌恶、移情……都与她们无关了，她们留住了青春，这便是骄人的资本。

城里像佳眉一样不悲不喜不哭不笑的人越来越多了。

又过了三五年，佳眉脸上的效果更加明显了。一个近四十岁的人，看起来还像一个大姑娘。她的事情被小城的人越传越神，也越传越远，以至于许多生产美容护肤产品的厂家也找上门来——请她出任形象大使，要她做电视广告。于是大家又开始传说：佳眉靠着冷艳成了百万富翁。

当城里全是冷面青春美人时，男人们也全部失去了欢笑。这些被青春与美貌排斥的男人再也无法容忍这个世界，他们已经被失恋和焦虑折磨得一个个未老先衰。一帮小老头们经过一番商量，一起离开了小城。

小城里没有了男人，女人们互相欣赏赞美，她们为不再听到男人的唠叨庆贺了三天。第四天，她们便遇到了麻烦，那些男人做起来驾轻就熟的事，她们做起来非常困难。但为了生存，她们必须去做，艰苦的劳动磨粗了许多人的手指，她们的脸上淌着汗水，眉不知不觉皱在一起，很快，一部分人脸上出现了第一道皱纹。

许多人的情绪开始不能自控，她们冷冷的心里开始敏感，些微小事便让她们发怒，街头吵架声不断。受了莫大委屈的女人回到空荡荡的家里，再也找不到可以依靠的臂膀，城里发出了第一声大哭，接着哭声从各个地方传出来。

她们看着镜子里一点点变老的自己非常害怕，大家一起涌到佳眉的青春工作间。她们惊讶地发现，佳眉也在变老，她的眼袋已经鼓了起来，眼角皱纹明显。佳眉说："我想把他找回来。"

女人们都说："把他们找回来吧。"

这一群男人是替女人寻找欢笑去的，在寻找的路上，有的人禁不起女孩子动人的笑留下来，有的人经不起女人的眼泪停步了。只有一些执着的人还在一起向前寻找，当他们听到女人呼唤他们回去时，他们明白了，欢笑和眼泪原来就揣在他们身上。

佳眉结婚了。那一天，她不停地笑，人们说，新娘子真美！

尘埃落定

有人问我怎么不上那个论坛了。我笑道："两年多的云山雾罩，花飞花谢，也该尘埃落定了。"

蝶打电话告诉我，心蕊结婚了。

然后，蝶用特有的柔柔的嗓音一声叹息："终于尘埃落定。"

我还懒在床上，看窗外，不知何时飘起丝丝细雨，初春灰蒙蒙的清冷里，尘埃落定这个词显得奢侈华丽。对于一个大龄小女子的婚事，似乎言重了。

然而，回想小城论坛三年间围绕她的烽火硝烟，不觉叹服蝶言辞精妙。

两年前，我在这个论坛帖了一篇成人情感文章。心蕊抢占了沙发，仅回两字：不懂！

我对着“不懂”愣了许久。摸不透这个头像秀美，满口娇弱的网友葫芦里卖的什么药。心里不乐，坏坏回击：不懂文，多多读书；不懂情，多多失恋。

心蕊当时正为把一篇仿写作品标上“原创”的风波心情恶劣，继而遭遇失恋。那男孩是灌水版主，离了心蕊，也离开了论坛。

不久，一个才艺展示会，我替花样毽球冠军拍了一张特写，题名《帅哥》，贴到摄影版块。别人回贴说他是原“灌版”时，我大叫坏了，要得罪新上任的心情版主心蕊了。果然，她已恨我入骨。

那个大型网友聚会上，我与摄影版色友喝多了，人家在酒店门口留影。心蕊把抓拍到的醉态贴上论坛，要人们都来看这就是所谓的“名流”！

我不得不低调缄口。

生活版主蝶邀我到处游玩，蝶琴艺高超，有一双绝美的大眼。我们的“娱乐腐败家族”便以她为头。尽管我们许多人都比她大好多岁。拿她的话来说：大家心里有了什么想法，总需要一个人来拿主意，我来当此重任吧。

蝶要离婚，她无法解决与老公两地分居的矛盾。她不喜待在家中。偏偏又要上论坛，又要到处参加演出，还喜欢和我们一帮人聚会，还给我们当模特。我安慰她：该你给自己拿主意了。你还年轻，一切选择都是正确的。

心蕊此时与音画版主阿胖恋爱了，不出一个月又失恋了。两个人的图配诗还热热地顶在首页，心蕊的心情主旋律已转为对天堂的寻觅，对生死的思索了。

心蕊继续玩着她的“扑朔迷离”秀，她用文字极力渲染自己貌若飞燕，才比谢韫。又用现实确切地证明她体若玉环，心比黛玉。她的专业，她的年龄也都是众说纷纭。网络是虚拟的，而小城的小论坛并不虚拟，因为人太少了，地儿太小了。眨眼之间便对了号入了座。标榜越高，便令人失望越多。倒不如低调的好，就像本名流常常以筷击盘作歌曰：群众的眼睛是雪亮的！

当有人向我打听美丽才女心蕊为谁时，我立马摇头摆手，闭口不言——实实心有余悸。

倒是蝶不卑不亢地说：“不用操心，她从来也没闲着过。”我一口茶喷到地上，大咳起来。

去年金秋有一个联谊采风活动。我远远避开心蕊。怕自己无意中说了得罪她的话。晚上吃饭，一位远方网友把相机举到我眼前：“这两个人是不是关系很好？”

显示屏上，心蕊与论坛红人阿朗相偎看照片。

我淡淡道："不清楚。看照片嘛，不凑到一起怎么看。"

网友坏笑："言不由衷吧？"

我忙跑开，怕呀，远离是非最好。

这年冬天雨雪来得早。我帮朋友忙活新网站，都忘了季节变得这么快。有人打电话问我怎么不做时尚版主了。我上网一看，果然管理员不声不响罢免了我的版主。我愤怒地质问原因。管理员回复：心蕊提出意见，说一个人不能同时上两个论坛，更不能兼做两个论坛的版主。原来如此，看来，庙不留神，不能怪神要离庙了。我记起一个朋友说能上网警号，用那密码一试，果然登录成功。我封了自己 ID，删了自己的置顶贴。然后同时注册两个大网站的号，向前一步，竟然找到更宽阔的天地。有人问我怎么不上那个论坛了。我笑道："两年多的云山雾罩，花飞花谢，也该尘埃落定了。"

……

我推开窗子让细细雨丝飘进来："这堆飘浮惯了的尘埃不知能安心伏在地上多久？"

蝶在那头笑出了声。

"五一"在街上遇到蝶，她正满街跑着置办嫁衣。她离婚半年后，又要结婚了。

我说："蝶，你也尘埃落定了？"

蝶还是那样柔柔的腔调，歪了头，媚媚地笑："尘埃落定。"

亮 灯

“唉，嫁个电工，见个人影都难。”八斤嫂叹一声，看看天黑透了，八斤还没有回来，气呼呼地关了大门，坐在院子里。

桑树岭人吃饭都晚，八斤家更晚。大夏天的，日头都落进山里了，八斤还没回来。八斤嫂无奈地招呼刚写完作业的儿子涛涛吃饭。

八斤嫂收拾完灶间，开了洗衣机，涛涛在屋里吹着电扇看电视。突然洗衣机嗡嗡的歌声停在一片黑暗里。

涛涛从屋里奔出来：“妈，咋停电了？我正看蓝猫淘气呢，快叫俺爸修修。”

一提八斤，八斤嫂就来了气：“他当个村电工，别人一喊修电，跑的比兔子都快。自己家停电，鬼才知道他在哪儿。你打个电话叫叫他。”

涛听话地摸向堂屋，打八斤的手机，听一句对院里喊一声：“俺爸说正在村长家商量事儿，马上回来。”一边说，一边就跳出屋，一股风到村里的文化广场上，跟孩子们疯去了。

八斤嫂站在黑咕隆咚的门口，看着村里三十来户人家一家家都亮晃晃的，有的窗口一闪一闪透着电视的荧光。

村头刚建成的文化广场上传来节奏欢快的音乐声。八斤嫂去看过，是村后桑疙瘩上桑狗剩家的女儿桑苗苗，她从师范毕业回来，在村小学教书，带着村里一帮疯女子疯媳妇在跳什么自由步。

说起桑苗苗，八斤嫂心里就打翻醋瓶子。村后的桑疙瘩孤零零地离开村子在岭的对面，村里都通了电，桑苗苗家离桑树村远，电线扯不过去，至今还点着油灯。这几天八斤到乡电管所开了会，回来就和村长一起一趟趟往桑苗苗家跑。八斤嫂心里不自在：哼，不知道八斤打的什么主意。

去年，村里农网改造，八斤陪着电管所的人连干几个月。

今春，天气干旱，乡里专门供电抽水，八斤带着小徒弟住在青龙沟的水泵屋，一连十天十夜。

“唉，嫁个电工，见个人影都难。”八斤嫂叹一声，看看天黑透了，八斤还没有回来，气呼呼地关了大门，坐在院子里。天上没有月亮，大树梢挂着一颗亮晃晃的星星，好像风一吹就会掉下来似的。

门外有了动静，八斤哼着戏踢踢踏踏推门进来。摸黑里见八斤嫂坐在院里，也坐了过去：“唉，忙了一天。上头启动了‘户户通’工程，跟村长说了，咱村就剩下桑疙瘩上两户没通电，看着就在岭对面，下了沟，上两个凹，路还远着来。得架一条专线。等疙瘩上通了电，桑家那闺女不用点着油灯改作业了。”

八斤嫂在黑地里撇了撇嘴，满心委屈地说：“你自已家现在还摸着黑呢。”

八斤嘿嘿笑了，扳过八斤嫂的脸：“咱家的电我还能不知道咋了，熟来跟知道你长了几根头发似的。换个保险丝就行了，你说是先修电还是先修你。”

周南驿小姐

八斤嫂一推八斤："去，涛涛一会闯进来了。难得你今晚有空闲，咱俩坐这儿说说话。"

八斤看老婆消了气，长吁一口气："这才几年呀，电就成了咱手中的顺毛驴。想当年，俺爹带我进城串亲戚，看着人家的电灯泡会亮，稀罕得不得了。拉着开关绳开了关，关了开，从那时就下决心，长大一定当个电工，把电灯安到咱家来。"

"那年俺就是看你当个电工，家里那电灯一不会亮，就跑去叫你，你一喊就来，俺就上了你的当，嫁给你了。谁知道你是谁叫都去，跑得顾不上自己家。这两年俺年龄大了，你就看桑疙瘩上那闺女好，跟村长领着电管所的人一趟趟往人家家里跑。还要给人家架专线。东山梁上那梁老汉跟他老儿子也没电，你咋不给他们架专线。"

八斤在八斤嫂背上拍了一巴掌："憨样，那里不是不属咱村管嘛。上午跟东山村的电工陪电管所的人一起看过梁伯家了，明天就跟桑疙瘩一起开工架线。不出三天，让东山梁和桑疙瘩一起亮灯。你要吃就吃政府的醋，人家搞的户户通工程。村村寨寨家家通电，这不也是咱心里想了一辈子的好事吗？"

八斤嫂脸上发热，在星光下笑出一口白牙，一推八斤："谁吃你那加水醋啦，赶紧修咱家电吧，一会儿咱进屋亮灯，看电视。"

八斤家的灯亮了。灯光和笑声一起从开着的窗户洒出来。

麻门女将

在陪着母亲打麻将的二十年里，他们耗掉了青春，也耗掉了创业的最佳时机。一个个毁了家庭，甚至几经婚变。经济上，走上绝境，于是，像树倒猢狲散一般，纷纷投向四面八方，谋取一线生路。

一

许奶奶爱玩麻将，儿媳在内屋坐月子，她在外屋搓麻将。儿媳受不过吵闹，怨怒道："不要儿，不要孙，麻将是你养老送终人。"

许奶奶真就租了两间房子，远远离了儿子媳妇，在屋里摆了四桌麻将，一天二十四小时不断人。一个月也收入一千多块钱，而且风吹不着，雨淋不着，又是自己喜爱的活动，比邻居卖馍卖早餐好过几倍。

儿媳怕孩子沾了麻将气儿，从来不肯上她这里来。

二

许奶奶爱打麻将，带得她的三个老女儿也天天围在麻将摊前。一天，三十多岁的小女儿高高兴兴逛商场，头天晚上她赢了八百块，看中两套衣裙，便全买了下来。

三

小女儿一大早在街上疲惫地走着，见到二姐夫，伸手借五块钱，说："昨晚半夜输了二千块，向别人借了一千翻本，又输得一分不剩，早饭钱都没有了。"

四

许奶奶的大女儿个性强，一次，二女儿正在做头发，大女儿叫她马上洗掉头发，赶快去凑数。二女儿去得稍晚了一点，大女儿拉下脸来，半天不理人。点了炮也不给钱。二女儿向她开玩笑似的要账，大女儿立刻甩牌翻脸："叫你来应急，你推着不来。你以后三缺一时，少叫你大姐夫来凑数。"

二女儿脸上下不来，顶了一句，大女儿伸手就和她撕打起来。两个人都发乱衣散，眼红脸肿，好几天不能出门。

不久，俩人又都聚到许奶奶这里打起麻将。

五

许奶奶病了，住了几天院，还没大好，便嚷着要出院回家。

在家里，许奶奶支撑着身子趴在床沿上和人打麻将。

实在支持不下来了，就躺在床上看别人打。

对麻将一片痴心，真是感天动地。

众女儿玩得高兴，一时竟忘了躺在床上的母亲什么时候没了声息。从外面进来的牌友看到她口吐白沫，眼向上翻，吓得惊叫起来，众女儿才七手八脚把她送到医院，原来是刚吃过药，自己忘了，又吃了一次。

幸好药量不大，救了过来，痊愈后，继续搓麻。

六

许奶奶大女儿家的女儿回来省亲，抱了新生的小宝宝到许奶奶跟前讨巧，许奶奶正在吃紧，顺手把外孙女和重外孙拨拉到一边，可把外孙女气坏了。

七

许奶奶死了。临死前她很想见见远在异乡的儿女们。

但是，太远了，而且，他们生活很不易，得到母亲弥留的消息，他们并不急于赶回见最后一面。他们在等，等着她去世的消息一出，好赶回奔丧。

在陪着母亲打麻将的二十年里，他们耗掉了青春，也耗掉了创业的最佳时机。一个个毁了家庭，甚至几经婚变。经济上，走上绝境，于是，像树倒猢狲散一般，纷纷投向四面八方，谋取一线生路。

儿女们赚了钱，会邮寄过来，继续支持许奶奶打麻将，这是他们的孝。但是，许奶奶最渴望的是他们围着她，热热闹闹地一起打麻将。她把这一切归罪于儿媳妇，是儿媳妇不愿意做饭、打扫，供着他们打麻将、热闹快乐。许奶奶就不搭理儿媳妇了。临死的时候，也没有和她说话，只用手拍了拍床头的麻将，示威一般。

下葬时，儿媳将这盒麻将随许奶奶一起埋了。

明天你是否依然爱我

良子知道自己该回去了。良子从车窗伸出手握住光伸过来的大手，望着他，这个 21 岁的大男孩瘦了许多，头发很长，满脸疲惫，后面还有许多的事等着他来处理。

立秋过后，天气开始转凉，良子在白色连衣裙上罩了那件果绿的小外套，把长发分过来一缕编了一条小辫垂在肩上，去看歌舞演出。

最后的表演者是架子鼓手光，他高大威猛，留着板寸，一双不大的眼睛炯炯有神。他穿着粉蓝色的宽大 T 恤，胸前绘一只吊睛白额的斑澜猛虎。

前奏起来，灯光转暗。光用他浑厚的嗓音唱了起来：“午夜的收音机，轻轻传来一首歌……”

“相信终会有一天你一定会离去，可明天你是否依然爱我……”一个女声从台下响起，大家边鼓掌边循声望去，一名极苗条的女子，拿着话筒，拾级而上。

良子被他们的歌感染，被他们的情绪点染，随着大家一起高歌：“午夜里的旋律一直重复着那首歌，WILL YOU STIL LOVE ME TOMORROW……”

乐声止息，灯光转亮，女子对着大家致谢，人们才看清她是唱《我用自己的方式悄悄来爱你》的女演员。

晚会结束，良子独自来到街头面馆，叫了一碗面。一个男孩坐到她的旁边。良子抬头一看，正是光。他的眼熠熠闪光，也正望着良子。良子脸上发热，急忙转过头去。

光用浑厚的嗓音低低地说："你叫什么名字？"

"文思良。你叫光？"

"你多大了？"

"十九。你呢？"

"我二十一。"

……

"团长，你说要请客的。怎么一个人跑了？"和光一起唱歌的女孩撒娇地笑着，坐到对面。她穿着演出时的藕荷色轻纱薄裙，露出长长白白的颈项，和楚楚动人的锁骨，一副风一吹便要飘走的样子。良子是修长的类型，很瘦，比起这个女孩来却显得圆润了。

面来了，光为良子拿了一双筷子，看着良子吃。

光后来告诉良子，小丽失恋了。

第二天，良子代替小丽与光唱那首《明天你是否依然爱我》。表演很成功，从演唱到结束，他们的手一直拉在一起。

光对良子说："跟我走吧，我已经离不开你。"

良子在黑暗中说："好。"

小丽穿着演出的桔色低胸短装，同色的轻纱长裤，站在侧幕里。她眼里那份失落在良子的心中尖利地划了一下，久久隐痛。

良子整理了几件衣服，在桌子上放了一张纸条，告诉父母要出去闯世界，便随着光的歌舞团，到了下一个演出点。

上午是紧张地装台，布景。中午大家一起吃饭，光和良子玩猜牌游戏，良子次次都猜得对。光得意地对李嫂说："看我们良子，就是比你们强。你们一个都猜不对，净耍赖。"

唱民族的李嫂咣地把吃干净的饭碗扔在桌上，转身就走，又回头说："比我们强，咋也没考上大学呢？"

两个跳现代舞的女孩安妮和珊珊排练时，良子和阿美也跟在后面练，光在边上看着，为她们喝彩。这时珊珊机灵地对光说："良子跳得好吔，让她今晚和我们一起上场。"

光说："良子？呵呵，我怎么舍得让她上台。"

安妮在一边拉了珊珊，酸酸地做个鬼脸，径直走了。

良子趁机对光说："这样的舞我也能跳，为什么不让我上台呢？"

光把良子的脸转向自己，冲她的眼说："你真想跳这样的舞？"

"不，我只是想，我不能什么也不做……"

"我不想让你表演这些。"

那晚演出结束，小丽来向光告辞。

这个洁白轻盈如仙子的女孩；这个满怀忧郁无处倾诉的女孩；这个唱《三百六十五里路》的女孩……

良子看着歌舞团一天天难以支撑，只是不忍先说离别。

第一个飘雪的下午，光对良子说："良子，你想家吗？"

良子知道自己该回去了。

良子从车窗伸出手握住光伸过来的大手，望着他，这个

21 岁的大男孩瘦了许多，头发很长，满脸疲惫，后面还有许多的事等着他来处理。

车越走越远，光消失在车后的烟尘中。

柿　话

经过几遍霜的红柿，不知被葛针存放在什么地方，一直到第二年春天，他还偷偷地塞给我一个颜色紫红、冰凉蜜甜的柿子。

又到簌簌衣襟落枣花的时节，便忆起儿时一些柿趣。

我不喜欢吃柿子，因为每到入秋不久，就有凤山北麓的“老乡”，挎了荆条篮子到五六里远的城里来卖“漤柿”，一清早卖到下半晌，带着太阳炙烤的黑红和汗湿，急惶惶地进了我家大门，一边自己舀了凉水咕咚咕咚猛灌，一边把卖剩下的几只青里泛黄的柿子放到灶门前的凳子上，憨厚地笑着说：“也还甜，要是涩的话，放一晚，就能吃。”我从来不屑于蹴这些东西，尽管父母总热情地拿馍端饭，要我叫叔叫娘的。却一丝感情也没有。

秋天到凤山北坡伯父家做客，却是极快活的事。

我二伯三伯家有一大帮堂兄弟，他们都有一个很奇怪的名字。最宽厚的是兄长线长，他劳碌、繁忙；最捣蛋的是葛针，

周南驿小姐

他只长我一岁，个子没我高，灵活得像只猴儿。

葛针会带我爬上沟对面的悬崖，告诉我柿子的名色：牛心、杵头、布袋、盖柿……这些都是按形状取的名字；雁过红、古卵青、黄灯笼、羊倌红……这些是按它们的色彩分的类。

我才知道不同棵上的柿子形色不同，味道略异，成熟也稍有前后。

葛针能在树下一瞄，便看到隐藏在枝梢间的“老鸹叨”。鸟是最有灵性的，它看出这个柿子上有小虫，而小虫呢，又能知道哪个柿子糖份最大。所以这有了鸟吻的柿子，便熟透了，也甜透了。葛针把趿在脚上的烂鞋头一甩，三两下便爬上树去，我只需闭了眼，张开手，便有最好吃的柿子落在手里。

树都是有“主儿”的，远远地有人吆喝，葛针便气壮地说：“你们没看到来客人了？”人家便由着他摘去了，平时，他贼精古怪不吃亏，大家都戒备着他呢。

葛针带我到石台下的小河滩，把我们的柿子埋在小河边向阳渗水的沙滩里，等我住了两天，哭着不再吃玉米饼子、红薯面条，要回家时，他便和大哥线长一起送我走，边走边用荆条三扭两扭做一个小筐子，在沙滩里扒出那些埋着的柿子，正好一筐，我便欢天喜地破涕为笑。

三伯家卸柿子的活是都是葛针承包的。他一阵子忙乎，满树的红灯笼都落在了瓦房的房坡上，在秋阳晨霜中慢慢红了。来了客人先端上一碗红柿，主人和客人都有面子。

经过几遍霜的红柿，不知被葛针存放在什么地方，一直到第二年春天，他还偷偷地塞给我一个颜色紫红、冰凉蜜甜的柿子。三娘在一边揶揄："我这当亲娘的都吃不上这个呢。你这妹子可够亲。"

当时，二伯三伯家人口多，两个人的工资都少得可怜。红柿拌谷糠，晒干磨面蒸馍馍是一种代粮的奢侈品。我却吃不下去，但喜欢吃柿瓣柿饼，特别是柿饼外渗出的一层白粉——柿霜。

三伯家贫，一群兄弟一个比一个小两岁，两间上屋用秫秸隔成一明两暗三间。我和大姐品睡一间，一群弟兄睡一间。

一天夜间，大概是吃多了红柿，肚涨醒来，听到那边小弟对大哥说："咱们穷，凡事省着点，咱家努力给你娶个媳妇，我到时就不娶了。"大家都笑起来。第二天，三娘重复起来，大家又笑了，笑着笑着，三娘竟擦起了眼角。

大哥看着无知无识的我说："这闺女，亲不得，将来人家家里干净得让咱下不去脚，连寻碗饭也不敢去了。"

我便怀恨在心里，瞪了眼不理他。倒让这个成见做了现实。一直这么多年，他从来也没有来过我家，我回乡看三娘，也不愿意去看他。

经常背着我送我回家的长哥哥，一直是光棍，每年我都会给他捎去一些老公或旧的衣物。

倒是葛针，早就和我老公成了朋友，有什么事都到单位去找他，我都不知道他们背着我都搞了些什么"勾当"。

呵呵，管他们呢，反正每年，葛针都会给我送来从树上搞来的最好的柿子。

雪夜归人

夜归的程先生打开门，玄关的一盏小灯亮着，这是妻特地为他留的，一股温暖和爱意随着灯光包围了他……

雪很大，公交车很慢，到站后，他踩在被路人踏实又覆盖一层松雪的路面，小心翼翼地向家的方向走。

转过一个弯，前面有一盏路灯，大雪中没有见到那个熟悉的身影，程先生习惯性地抬头向上看自家窗口，卧室黑洞洞的，妻子大概已经睡熟了。她从来不打电话催他回来。年轻的时候，他很少单独应酬，两人总是出双入对。21世纪交替的前后几年，程先生的事业正在膨胀，业务很忙，应酬很多，有的时候，不知不觉间就到了深夜。妻有自己的事业，还有孩子和家务，晚上里外大小忙完，便坐在灯下看资料，背课、写论文。

曾经有友人开玩笑说："你老公在外面有一个情人。"

妻何等聪明，马上笑回："好事。有人能看上我老公，一定得庆贺庆贺。"这话传到程先生耳中，他点着妻的额头说："你就那么信任我？！"

妻头一歪，斜睨着他说："信不信你，不重要；重要的是你有'人质'在我手里。"

程先生很感激地望着妻，将她纤巧的身躯拥入怀中。

程先生父母早逝，奶奶一手将他拉扯大，孤儿寡媪，相依为命。他们结婚后，便接奶奶到家中养老。奶奶年事已高，渐渐老年痴呆，只认程先生，爱孙子爱得程先生都受不了。每到晚上十点左右，如果程先生还没有回家，奶奶就会着急起来，对着妻要人，逼着她出门去找。直到妻出了门，才一直盯着门等候。妻就静静候在那盏路灯下。

程先生挽着妻一进家门，便刮一下奶奶的鼻尖：“老太太，今天又闹人没有？”奶奶就笑得满脸开花。

妻出身农村，是家中长女，本科与程先生大学同班，互相鼓励，相依相随，一起考上研究生。结婚后，她带着女儿又读了博士。早年帮助父母做农活的经历、从高中起住校的生活，让她养成了勤劳、俭朴、整洁的好习惯。她已经是研究生导师，薪水丰厚，却不骄不奢。

奶奶去世后，他们收养了妻亲戚家的一个孤女，悉心抚养。程先生喝了酒回来，会往沙发上一躺，叫来两个女儿、一个侄女和妻子，让四人把自己往卧室抬。他说：“孩子们得从小锻炼，否则到咱老的时候，她们就抬不动。”

……

夜归的程先生打开门，玄关的一盏小灯亮着，这是妻特地为他留的，一股温暖和爱意随着灯光包围了他，他默默地换了鞋，关掉这盏专为他留的灯。程先生记得奶奶去世后，妻依然会在他晚归的夜里，站在老地方等他回来。一直到二姑娘抱到家里，妻照顾孩子没了闲暇，无法分身去等他夜归。但是，她总是让玄关的这盏灯亮着等他。想起家里亮着的这盏灯需要他回去关掉，程先生便从不肯在外过夜。

妻已经上床睡着，他悄无声息地一进来，她便感应一般地醒了。他歉意地说："本来想早点回来，头一个活动结束，有个聚餐，不参加不合适，西工那边，人家还等着谈业务。一帮年轻人的活动，一桌一桌都要慰问一下，略坐坐，聊几句。有一桌上几个年轻媳妇絮叨家事，把我煎熬得不行。"

妻靠在床头问："说什么了？"

"一个女孩抱怨说弟弟买房子，父母希望她拿一些钱出来，当初弟弟上大学，父母就让她分担过费用……挨着她的女孩抢着抱怨说自己的一切都是父母给操办的，父母的一切都是她的。可是老公家庭条件不好，还得往老家寄钱……"程先生将身体躺舒服总结道，"父母养大儿女，儿女不应该给父母分忧解困、有些担当吗？"

妻的心里淌过一股暖流，妻家里有两个兄弟，她常常接济他们，程先生从无怨言。侄女、侄儿来家里小住，也待如自己的孩子一般。不仅如此，还教导两个女儿礼让表兄弟姊妹们。

想到这儿，妻早上和程先生赌的小气便全消了，她主动向程先生靠了靠，说："我明天就打电话，让二弟把拿走的画送回来，你好还给人家。你学生把画拿来，我以为还是他的习作。哪曾想是别人托他买的名画。你知道我从不在意'奢侈品'嘛。只是那画已经当着弟媳面让弟弟拿走了，再要回来，难为情。"橙黄的灯光映着妻匀净的脸庞，虽然没有年轻时胶原蛋白满满，但是依然清秀紧致。她斜睨着程先生，满是爱意。

程先生熟悉她这和解的信号，感觉妻子真美！

早餐店的小伙计

早餐店的小伙计，给了我一个教训，我从此不再骄傲，我知道世上还有很多毫无邪念的关爱，我开始接受别人的善意，也决不吝啬给别人善意的帮助。

高三那年，我家门口开了一家早餐店。店里有一个小伙计，与我年龄相仿。小伙计长得干净利落，眼不算大，脸色也不白，但是少言寡语的，气质颇沉静。

我们都是不好意思说话的年龄，除了吃早餐时，简短地交流几句，我们从来没说过话。偶而在上下学的路上正面遇上了他，我也如不认识一样仰头而过，他有时看看我，好像要打招呼，旋即红了脸，背过身去，忙自已手边的事情。

他家的生意越来越红火，早上来吃饭，要排队等座。

离高考近时，复习任务更重了。常常等不及别人让出座位，坐下慢慢吃新盛的热粥。有几次站着匆匆吃几口，就交了钱，跑走了。

这天我又走进挤满人的早餐店，看到最里面一个不太起眼的角落还有一个位置，就坐了过去。位置上用塑料袋盖着一碗八宝粥。已经不太热了。我大声叫道："来一碗八宝粥。"

小伙计走过来，嗫嗫地说："桌上的你吃吧，不热了。"

我心急地冲他说："那是谁的？我不要。你快给我盛来吧。

要不，又来不及吃了。”

小伙计的脸又红了。声音更低了：“那就是盛好放着的。上面还盖着塑料袋，不脏的。”

我心说：生意越做越精了。就无暇客气，大吃起来。

以后每天早上一进门，我就冲小伙计大声问：“有盛好不热的粥吗？”

他就顺手一指某个角落。我就坐过去匆匆吃过，付钱走人。

高考之后，我就常睡懒觉到晌午才自己弄点吃的，或者干脆不吃，也就不再去早餐店了。有时到大门口站站，看到小伙计忙完了他的活计，有时和人下下棋，有时拿了厚厚的小说专心地读。见到我，他很局促，问我家里有什么书，能不能借几本看看。

我就捡几本没有保存价值的书给他，总是不想和他多打交道，不想要他还的意思。

等录取通知书的日子很无聊，听说来了歌舞团，晚上我混进剧院。

前二十排的位置都满了。再往后，观看的效果就不好了。眼看要开演，突然发现第十排靠边的位置还空着。我赶快坐了上去，庆幸自己运气好。正洋洋自得地候着开场，耳边突然有人说：“哎，你也来了。”声音不大，腼腆怯懦。回头一看，正是小伙计。

我心里那个烦呀，怎么这时候遇到他，看他平时不话，现在终于凑过来搭讪了。我不冷不热地嗯了一声，眼看着前方的舞台，不再理他。心说：识趣的快点走吧，走吧。

他站在那里，不说话也不走。

开场的音乐响起了，大幕拉开，精彩节目即将登台。我忘了身边的小伙计，忘情地鼓起掌来。

小伙计把一张纸塞到我手里，好像是说："你坐这里看吧，我去别处了？"就离开了。

我差一点抖手把纸条摔出去。字条、字条让我烦不胜烦。最后还是好奇，打开对着灯光看一下他到底能写些什么。

但那不是纸条，是一张入场券，上面的座号 10 排 20 号，正是我坐的这个位置！

该离开的是我，而不是他！

我站起身向他离去的方向望去，灯光五彩斑斓，根本认不出谁在哪里，谁又是谁！

接下来的情景可想而知，脸红、愧悔、不安让我没有心绪欣赏台上的节目。

总想找到他说些什么，但是，却没有勇气，又不知从何说起。从此刻意躲避着他。直到我上完大学，回来工作之后，见到他抱着孩子带着妻子在街上迎面走来。他的妻子是我一个中学同学，温顺可爱。我走过去，抱起他家孩子，向他们问好。他的妻子高兴地说："听红旗说你高中时学习很刻苦，每天早上宁可不吃饭也要抓紧时间到学校读书。他就在你快要来吃饭时，给你盛好一碗，占一个座儿。"

原来他叫红旗。我望向小伙计，他成熟了许多。在我的注视下，他又像当年一样脸红了。

我亲了亲怀中小孩子，对他说："你有这么好心的爸爸，有这么柔顺的妈妈，你这一辈子可真幸福呀。”

我从此不再骄傲，我知道世上还有很多毫无邪念的关爱，我开始接受别人的善意，也决不吝啬给别人善意的帮助。

胭 脂

活在这世上的人，都有自己的喜怒哀乐，自己的尊严梦想，无论性格如何，无论来自己哪里，都应该平等，互相尊重，尊重了别人，才能得到心灵永远的快乐和安宁。

冬天，如果真的下起雪来，倒是别有情趣，最无味的是天空阴霾密布，一连就是好多天，淡黄的太阳偶一露脸，也是凉凉的，像黛玉的脸庞，苍白、冰冷。

在这样的天气里，心情就低低落落的，一些在快乐、热闹时，忘到爪哇国去了的事情，突然间就浮了出来，而且是那么久远的事，也毫无预感地跳到我面前。

那一年，我读小学二年级，我的前排坐着一个白白胖胖的女生，名字叫爱红。她腼腆温和整天也不动也不说话，就连老师上课提问她，她也低了头一声不吭。天性活泼的我就对她产生了好奇心，总想逗她说话。

我妈妈备过一盒胭脂，在当时，可是奢侈品，逢年过节的时候，她就给我们姐妹在眉心点上圆圆的红痣。我悄悄把胭脂带到教室，自习课上，我偷偷地把沾了胭脂的棉扑，伸到爱红的脸上一涂，然后迅速收藏起来，装做专心地做作业。

爱红用手抹了一下脸，看到满掌的胭脂红，无声地哭了。

老师来了，把她叫出去，一会儿又把我叫出去，气愤地训道："你看看你把人家的脸涂的！"

"我没有……"我胆怯地说谎。

"不是你恶做剧才怪，别看人家不爱说话，心里比你一点不傻。我就知道是你，你陪她洗洗去。"

爱红还是一直低着头，不让看到她的脸，红红的水从她的指缝间流下来，看来涂的还真不少。

等她洗完了，我拿出自己的手绢，歉意地要帮她擦拭，她终于说了一句话："不用了，没事。"她的声音也是那样温和好听，像春风吹进我的心坎，我明白了一个人不必话多，可心动人的话只用一句。

幼年时的县城，只有人民路一条东西贯通的马路，马路中间窄窄的铺了一溜儿柏油，两边都是土。和马路平行是一条小河，河水清清的，常有人在河边的石沿上洗衣服。我拿了水盆到河边刷鞋子，鞋刷完了，就用水盆向路上泼水玩。一盆水下去，一位六七十岁的大爷正好走到面前，他穿了一双崭新的高帮"解放鞋"，水溅起泥点点，沾满了他的鞋子。我惊呆了，张着大嘴说不出话来。大爷惋惜地看着自己的鞋子摇头咂嘴，好一会儿，终于向我甩甩手，像甩走烦恼似的："可不敢在大街上乱泼水了，你把自己的鞋刷干净了，把别人的鞋给泼脏了。嗯？"

我赶忙说："那我帮你刷刷吧？"

“算了算了。”

老人豁达地走了，我松了一口气，想着他崭新的鞋子，也许是孝顺的儿女刚刚给买的，也许是老人多年的积蓄多年的心愿，第一次穿出来，就沾满点点泥巴，唉，我心里真难受。

母亲逢节日的时候都给我们用发酵的面炸油饼，我拿了一个吃了一口坐在桌前看书。一位挺清秀的妇人抱着孩子乞讨，我顺手把咬了一口的油饼递给了她。她犹豫了一下，拗不过怀里的孩子已经伸出的手，接了过去，一言不发地转身走了。

我又到厨房拿油饼，母亲问我：“刚才那个吃完了？”

我怕母亲骂我浪费，不安地说：“我刚咬一口，来了个乞丐，我给她了。”

母亲叹口气说：“乞讨的人也有尊严，吃剩的东西给人家吃，是不尊重的。”

我想起了妇人接油饼前的犹豫，那一刻竟然是尊严和母爱的搏斗，心里深深地感动着。

我家前院，住着一个孤独的老人侯爷。老人有一个亲戚是城西乡下的，也是一个孤老头。寒冷的冬天，亲戚穿着一件油渍麻花的黑大衣，来住几天。早上，我五点多起床上早自习，听到亲戚睡着的窗里传来用嘴模拟唱戏敲梆子的声音，惊异地站下来听。里面唱一阵后，又大笑起来：“老是美呀，可是不结局，咱村的‘药把子’死了。人家叫我当‘药把子’来。”

侯爷吆喝他说：“你想来美，你认识字儿？谁会叫你当‘药把子’？”

那亲戚就不出声了，一会儿又响起酣声，看来又睡沉了。

上学的路上，不由得想：人不论地位高低、贫富贵贱，心中都有自己的理想，乡下亲戚的梦话，不正是他心里的向往吗？

活在这世上的人，都有自己的喜怒哀乐，自己的尊严梦想，无论性格如何，无论来自哪里，都应该平等，互相尊重，尊重了别人，才能得到心灵永远的快乐和安宁。